AF434479

ISBN 979-10-94712-19-1   (2018)

Michel TREGUER

MES RÊVES

SONT COMME

VOTRE VEILLE

Roman

Le titre est un emprunt à la nouvelle *Funes el memorioso* de Jorge Luis Borges, dans le recueil *Ficciones* :
« *Mis sueños son como la vigilia de ustedes.* »
Ce récit (par un auteur promis à la cécité) met en scène un malheureux ou un génie qui se souvient de chaque détail du réel : non pas seulement un chien par exemple, mais tel chien particulier, vu sous tous les angles, à chaque seconde, dans la succession de ses attitudes passées ou possibles.

Résumé.

Une tresse de trois espaces que relient plusieurs échos.

– À la mort de son épouse, un homme âgé quitte son domicile, oublie sa vie passée, pour marcher dans la nuit vers un but qu'il ne veut pas connaître. Il est pris en stop par la jeune conductrice d'un camion, ex-étudiante désormais en « licence de vie », avec laquelle il parle de ses lectures, de ses essais d'écriture. Ils embarquent un jeune migrant africain qui ne partage aucune langue avec eux. *(Chapitres I, III, V, VII – pages 7, 47, 79, 121)*
– Un inspecteur de police frotté de littérature enquête sur des déprédations affectant des tombes de romanciers en Europe. Il s'intéresse à une émission de télévision consacrée au problème du plagiat. *(Chapitres II, IV, VI – pages 31, 67, 103)*
– Un sympathique hurluberlu vient régulièrement se faire soigner dans une clinique psychiatrique. Il est convaincu d'avoir écrit et de s'être fait voler les plus grandes œuvres de l'humanité. *(Chapitre VIII – page 131)*

Le deuxième récit est écrit par le personnage du premier, le troisième par celui du second, le premier par celui du troisième.

I

Un homme aux cheveux blancs marche en silence dans la nuit sur le bord d'une route. Dénoncé, entre deux plages sombres, par les jets acides des phares. On ne sait pas encore comment il s'appelle. Ou plutôt si, Gabriel, comme un très vieil ange responsable d'annonces incertaines. Il a quatre-vingt-trois ans, il sourit, il aime cette folie imprécise ou cette sagesse à laquelle il s'abandonne. Il n'a d'autre projet que d'enchaîner ses pas, de respirer cette obscurité qui l'appelle. Devant sa détermination, des formes mal dessinées, arbres, spectres, renoncent à l'arrêter. Seuls quelques souvenirs non sollicités, à peine acceptés, parviennent à lester sa silhouette d'un maigre essaim. Il marche, comme la Terre, minuscule miracle, avance dans l'espace sans bornes. Il lui plaît de démarquer cette errance. Ambassadeur de la vie dans le vide, c'est une fonction qui lui va. Certes, il mesure l'extraordinaire complexité des échafaudages de cellules, des ouragans de particules, qui l'entourent et le constituent, qui se soutiennent et s'opposent dans la banale et prodigieuse *installation* de son corps, des champs, des étoiles. Mais l'œuvre ne parle pas, et l'artiste reste anonyme. La double hélice de la petite fleur qu'il vient d'écraser par mégarde, celle du grillon dont le chant se glisse entre les rugissements des moteurs, sont de formidables cathédrales de molécules. Une saga s'est écrite, dont le marcheur habite la conclusion provisoire. Les dinosaures sont morts, mais l'herbe, les oiseaux, l'*homo sapiens*, sont apparus. Et un bipède avance. Des milliards d'années et quatre-vingt-trois ans sont passés.

Il foule le côté droit de la route, le bras gauche et le pouce à peine décollés du corps. Les voitures qui s'approchent de son dos sont des complices qui le poussent fraternellement en s'amusant, qui décident librement de poursuivre ou de se garer. Celles qui arrivent dans l'autre sens sont de violentes balourdes auxquelles il ne s'intéresse pas. Il n'entend pas retourner à sa jeunesse passée. Il s'avance vers un avenir inconnu. Pourquoi un homme de quatre-vingt-trois ans ne préférerait-il pas cette interrogation au couperet du suicide ou à une lente extinction dans une maison de retraite ? Ce départ sans but est aussi un geste d'amour. Sidonie est d'accord, elle lui caresse la nuque de sa main décharnée qui fut si belle autrefois. Il fait passer le fantôme du côté du fossé pour le protéger de la Porsche ou de la Fiat 500 qui va s'arrêter tout à l'heure. Leur dernière scène a eu la beauté poignante d'un film de Jane Campion. Une version de *Bright Star* peut-être, dans laquelle ce n'est pas John mais sa douce Fanny qui meurt. Alors qu'un méchant cancer maintenait alitée depuis de longs mois son éternelle fiancée, elle lui a soudain pris la main en l'appelant « mon ami ». Au bout d'un long silence elle a dit : « Ne reste pas seul. » L'approuver, la rejoindre en pensée, c'était paradoxalement choisir de la quitter. Il a pris du temps pour laisser échapper une sorte de bougonnement – le râle du survivant – avant de murmurer : « Je vais partir. Ici, c'étaient nous. Ou *c'était* plutôt, au singulier, nous ne formions qu'un. » L'initiative de la mourante était d'autant plus touchante et belle qu'elle était peu prévisible. Elle s'opposait au lent calvaire que, bien avant son cancer, ses cauchemars d'amoureuse lui avaient fait vivre dans les dernières années.

Faut-il vraiment mieux présenter Sidonie qui ne figure qu'en creux dans le présent récit ? Il faut alors abandonner Gabriel à sa solitude, oublier les commentaires dont il pourrait vouloir enrichir son rôle. Pas de « je », pas de « tu » puisqu'elle n'est plus là, il la respecte assez pour la laisser renaître à distance, à la troisième personne. Elle était la seule fille, deuxième dans l'ordre des naissances, d'une famille qui réunissait une mère très croyante et un père plus libre d'esprit sinon athée, d'abord charron puis bientôt soldat dans les lointaines tranchées boueuses de la Marne. Les lettres qu'il écrit chaque fois qu'il doit participer à une charge meurtrière sont pathétiques. Il est à peu près certain d'être fauché et conjure sa jeune épouse de conserver pour leurs bébés – il n'y en a que deux à l'époque – le souvenir de leur papa inconnu. Finalement, le conflit s'apaise en le laissant diminué par une attaque de gaz mais vivant. *Flash-back*. Les humains doivent respirer, boire, manger, et aussi, corrélativement, uriner, déféquer. Il avait échappé aux volées d'éclats de grenades et d'obus, aux balles des ombres d'en face. Hélas, un matin il a baissé culotte au-dessus d'une mare de boue, seul dans un coin de la tranchée. Une nappe de gaz invisible lui a mangé le cul et les couilles. Irracontable au retour pour ne pas avoir à supporter les rires des auditeurs. Pourtant, malgré sa mauvaise santé, ses mérites militaires et le faible nombre des mâles rescapés lui valent une nomination comme chef de brigade dans la gendarmerie. Du coup, au fil de ses affectations, Sidonie et ses trois frères connaissent dans les années 1930 une vie assez heureuse d'adolescents auréolés du prestige de leur père. La jeune fille est belle, très courtisée, notamment dans les « bals de noces » où les prêtres veulent bien lever pour quelques heures leur interdit frappant la danse les autres jours. Le choix d'une filière d'enseignement ne se pose pas : les enfants d'un gendarme ne peuvent fréquenter que l'école publique. Au grand dam de leur mère qui coasse devant les bénitiers des « paroisses » successives, qu'elle préfère aux communes. Lorsque le brigadier meurt, rongé par une maladie de peau et une affection pulmonaire, Sidonie a seize ans, elle est interne dans un collège de Quimperlé où elle prépare le *brevet* ; son frère aîné travaille déjà comme métreur dans une entreprise de construction ; l'un des deux cadets est lycéen à Brest, très fier de son uniforme à casquette et boutons dorés ; le plus jeune doit entrer en sixième à la rentrée suivante. La veuve ne tremble pas malgré l'affection et le respect qu'elle a voués à son époux. Amour et opinions ne coïncident pas. Elle fait du lycéen un mousse de la Marine, inscrit le dernier né dans un collège catholique, et interrompt les études de Sidonie. Elle achète près d'une gare desservie par un petit tortillard un bar où la beauté de la jeune fille ne manquera pas d'attirer les consommateurs. L'adolescente n'a plus d'autre perspective de libération que le mariage. Elle obtient, pour combattre l'inculture dans laquelle on voudrait la noyer, qu'on l'abonne à plusieurs revues de sciences et de philosophie. « Un rouge limonade ? une suze ? d'accord, mais si vous saviez comme Bachelard et Einstein s'en moquent ! »

Gabriel refait surface. Sa mère était elle aussi tenancière. Fille d'un marin pêcheur de la côte nord du Finistère, révoltée par l'extrême pauvreté de sa nombreuse famille, après son *certificat d'études* elle avait gagné « l'intérieur » – à quinze kilomètres – pour épouser un tailleur affecté d'un pied mal formé. Une bénédiction que ce handicap, qui vaut à l'intéressé d'échapper à la conscription et de se voir proposer la gestion du bureau tabac local. Mais le malheur a d'autres ressources. Requis par des symptômes imprécis, un médecin charlatan n'hésite pas à tenter l'ablation d'un rein du mari dans la chambre au-dessus de la boutique : pied bot et opération ratée, il y a décidément du Flaubert et du Charles Bovary dans cette tragédie villageoise. La jeune Maryvonne se retrouve veuve elle aussi, flanquée de trois enfants, gestionnaire du commerce central du petit bourg, que de nouvelles activités ont permis de développer : en plus de la vente de tabac et de boissons, celle de journaux, de bonbons, de billets de cars, et une recette buraliste recueillant les déclarations de récoltes des agriculteurs. Le décès de son père fait à sept ans de l'aîné Gabriel un chef de famille vacillant, secrètement épouvanté par sa charge, écrasé par la personnalité rayonnante de sa mère. Ses relations avec elle prennent irréversiblement un tour passionnel, passablement ombrageux. Jamais ses résultats scolaires ne seront suffisants. Il doit ouvrir l'avenir. Il est difficile d'être à la fois David Copperfield, Augustin Meaulnes, Martin Eden. Un gouffre sépare à l'époque, dans ces populations rurales, la génération des parents et celle des enfants. La première parle plutôt breton, les mères – y compris Maryvonne – portent coiffe. Les filles et les fils comprennent encore vaguement cette langue ignorée par l'école mais ne la pratiquent guère, sinon pour plaisanter. Ils commencent à écouter du jazz.

Les drames de la famille connaissent un sommet avec le décès du cadet, foudroyé par une méningite. Les antibiotiques n'ont pas encore été inventés. Maryvonne a fait construire une grande salle attenante à son commerce où elle veut organiser des bals et autres fêtes pour la jeunesse du canton. Mais l'homme en noir descend du presbytère et prend le relais des bacilles. Le gamin décédé n'aura pas de funérailles chrétiennes si sa mère ne s'engage pas – par écrit ! – à ne jamais faire danser dans la salle satanique...

Interne dans un établissement secondaire de Guingamp, l'adolescent Gabriel occupe ses heures de loisirs et ses insomnies en feuilletant des abrégés de philosophie, en osant griffonner de courtes nouvelles romanesques et surtout en se découvrant un évident talent de dessinateur. Consacre-t-il trop de temps à ces passions ou suscite-t-il des jalousies non dites ? Sans qu'il se l'explique clairement, ses maîtres ne le présentent pas à l'examen d'entrée à l'École Normale, ce qui le marque devant sa mère et peut-être à ses propres yeux d'un stigmate d'échec. Il obtient un *Brevet Supérieur*, baccalauréat au rabais, qui fait de lui un instituteur suppléant.

Auparavant, il a pu commencer à élargir son horizon en rendant visite à un premier oncle installé au Havre et en visitant avec un second, à Paris, la fameuse *Exposition Coloniale* de 1931 : villages africains ou indochinois reconstitués, musiques exotiques, « danses cannibales », de quoi convaincre un petit Français, fût-il breton, de son impeccable humanité. Vers ses dix-huit ans, sa sexualité fleurissant, il connaît une période heureuse d'excitation et de détente en compagnie d'un ami de son âge dont les parents tiennent une autre gargote face à celle de sa mère. Les deux play-boys courent – en voiture ! – les bals de noces et font des ravages dans la gent féminine de l'extrême occident. Un jour, son cœur bat plus fort pendant toute une après-midi tandis qu'il tient dans ses bras une belle jeune fille dont le père gendarme, chef de brigade dans un bourg voisin, vient de décéder : une certaine Sidonie… Le soir, ils se quittent sans avoir échangé leurs adresses. Le *smartphone* n'existe pas, et seuls les médecins, quelques commerçants, d'encore plus rares bourgeois fortunés, ont des téléphones à demeure.

Deux ans plus tard – deux ans ! – à vingt ans, Gabriel remonte à pied avec son camarade une côte qui mène audit village voisin lorsqu'ils aperçoivent une troublante silhouette qui descend vers eux de l'autre côté de la route. « Je crois que c'est elle », murmure le supplicié qui n'a rien oublié. La demoiselle a peut-être également rougi. Ils vont se croiser sans qu'aucun des deux n'ait osé intervenir. « Courage ! » gronde le copain entre ses dents. Ainsi se décident deux vies. Gabriel traverse la chaussée, les jambes flageolantes, et demande à la fée de ses rêves si c'est bien avec elle que deux ans plus tôt, au bal de Louis Bozec et de Fine Georgelin… Oui, c'était elle ! Quelques mois plus tard ils sont mariés.

Le présent récit ne dit rien de leurs étreintes ni de leurs disputes d'amoureux ; de leurs enfants éventuels. Il vaut mieux, pour revenir ensuite à l'homme aux cheveux blancs qui marche dans la nuit, confirmer le talent pictural de Gabriel. À trente-cinq ans, alors que son statut social fait de lui « un maître », il décide de s'inscrire comme étudiant à l'École des beaux-arts de Brest. Il dessine et il peint, au fusain, à l'aquarelle ou à l'huile, des modèles nus, des paysages marins. Il se cultive aussi et découvre Gauguin, les Impressionnistes, le fauvisme, Utrillo. De temps à autre, des confréries régionales lui empruntent un tableau qu'elles exposent dans leurs salons. Pour ne rien dire d'une paradoxale culture scientifique dont il se dote jour après jour en grappillant des articles dans les revues de Sidonie. Les ratés de son adolescence sont effacés, le présent s'éclaire, l'avenir est lumineux.

Vient la Deuxième guerre. La *Wehrmacht* et la *Kriegsmarine* redoutant un possible débarquement des Alliés, la frange maritime de la Bretagne n'est pas seulement occupée, elle est interdite à qui n'y réside pas. Il faut un *ausweis* pour venir participer à un événement familial. Mais cette noirceur mondiale ne doit pas voiler la paisible et presque joyeuse ambiance locale dans le bourg ou règne Maryvonne. Les premiers envahisseurs, ou tout moins leurs officiers, sont eux aussi des enseignants, des fonctionnaires mobilisés, qui gèrent pacifiquement cette population rurale qui leur été attribuée. Ce sont des héritiers de Goethe et de Herder, de Schiller, de Schubert, plus que d'un führer gesticulant dont ils ne parlent guère. La population de son côté ne voit pas la nécessité de « résister » à ces nouveaux édiles affables, élégants et cultivés. Incroyable mais vrai, aucun des vingt-et-un gamins du village en âge d'être réquisitionnés dans le cadre du *Service du Travail Obligatoire* ne partira pour les usines d'outre-Rhin.

Chaque maison a dû céder une ou deux chambres dans lesquelles ont été répartis les soldats : seules de frêles cloisons séparent la nuit occupants et occupés semblablement endormis. Dans les bars, les uniformes impeccables et les pantalons de bouseux se mêlent devant les mêmes verres de vin, sous les nuages de fumée des mêmes tabacs. Cette « drôle de paix » dure quatre ans, jusqu'à l'arrivée des Américains qui, bien sûr, sont venus pour faire la guerre et qui ont poussé devant eux, depuis Saint-Malo et Nantes, de redoutables « unités d'élite » ennemies rapatriées de Libye pour protéger le port de Brest, essentiel au contrôle de l'Atlantique. Commencent les massacres et les dénonciations. Un jeune frère de l'ami de Gabriel, jaloux du succès de l'établissement de Maryvonne, décide une nuit qu'il serait judicieux de le barbouiller d'une croix gammée. Un autre plus âgé, militaire démobilisé qui n'a pas eu le courage ou le talent de rejoindre Londres, inonde les libérateurs et la nouvelle administration née de la Résistance de libelles calomnieux qui conduisent le Commissaire de la République à décréter la fermeture provisoire dudit café ainsi proposé à la vindicte publique et même à faire incarcérer Mimi, la jeune sœur de Gabriel, accusée d'amabilités douteuses envers les occupants. Toutes ces mesures seront annulées quelques mois plus tard par la Justice renaissante, mais le mal aura été fait, assombrissant les dernières années de la veuve magnifique, au regard clair et au rire éclatant. Elle décède brutalement en 1956, à l'aube de ses 70 ans.

Comment faire pour maintenir l'activité du commerce avant sa mise en vente ? Gabriel et sa famille doivent venir s'y installer pendant un an ou deux. Le coup est rude pour Sidonie. Un premier café, celui de sa propre mère, a déjà représenté pour elle une sorte de cachot dans lequel sa jeunesse s'est étiolée, et la voici gérante d'un second, plus ou moins marqué d'infamie. Pendant la journée, Gabriel regagnant dans la grande ville voisine l'école où il enseigne, elle est seule avec quelques pochards graveleux auxquels elle sert de répugnants « quarts de vin ». D'affreuses pensées commencent à lui faire perdre pied. Que sait-elle des occupations de son cher époux pendant la journée ? Le soir, il rentre illuminé d'une humeur joyeuse, et il y a tellement de jolies institutrices qui ont pu pousser leurs études plus loin qu'un simple brevet...

Cession de la boutique et de la maison associée pour une bouchée de pain. Retour de la famille à Brest, dans l'une de ces baraques « de carton » que les Américains ont offert aux sinistrés après les effroyables bombardements du port. Le talent pictural de Gabriel explose. Mais la dépression de Sidonie s'aggrave. Un médecin lui demande un jour si elle fume : « Non. – Vous devriez peut-être ? » La psychiatrie avait encore des progrès à faire ! Le même praticien la fait hospitaliser dans sa clinique privée et lui prescrit des électrochocs qui la laissent amnésique, pantelante comme une poupée de chiffons. Elle émergera pourtant de ce gouffre, rassurée par la construction en bord de mer, dans un paysage

vierge de tout mauvais souvenir, d'une nouvelle maison
« en dur » dont la solidité paraît s'étendre à son propre
destin. Mais elle restera hantée par les doutes qui
l'avaient précipitée en enfer : son homme Gabriel, le seul
amour de sa vie, lui est-il resté fidèle ? On peut alors se
demander quelle nouvelle souffrance ou quel remords lui
suggéreront ce conseil qu'elle lui susurrera au moment de
le quitter : « Ne reste pas seul. »

Comment qualifier ces résumés familiaux ? se
demande Gabriel en caressant son visage qui se fait
humide sous la brume. Sans être extraordinaires, ils
restent *singuliers*, uniques et véridiques. Ni un sociologue
ni un historien ne saurait en faire des modèles, mais ils
pourraient être nés sous la plume d'un romancier. Pour
dissiper cette indécision, le rêveur aurait dû s'exprimer à
la première personne plutôt qu'en style indirect : non pas
« *La mère de Gabriel tenait un petit café de village qui
faisait fonction de maison communale…* », mais « *J'ai
laissé la trace de mes pieds d'enfant dans la sciure de
bois que ma mère répandait sur le sol de son petit café
de village les jours de pluie.* » Il n'est qu'un individu, un
petit bouton apparu sur la peau du réel. Une personne. Le
bouton le fait rire, la pluie qui s'est mise à tomber le fera
mûrir en l'hydratant. Il s'émerveille du mystère de ce
mot, *personne*, qui peut qualifier aussi bien un être qu'un
vide. Un acteur caché sous un masque disent les
latinistes. Troublant, peut-être juste, mais exagéré !
Quelqu'un, « quelque un », serait un meilleur équivalent.

Ne reste pas seul. Ces quatre mots improbables ont eu pour Gabriel l'effet d'un coup de chiffon sur une vitre embuée ; d'un autre choc, cette fois salvateur, dans son cerveau en voie de nécrose. Toutes les douleurs, toutes les impasses de sa vie, mêlées des beautés du monde, ont défilé comme des feux follets devant lui, au-dessus du gisant de sa bien-aimée. *Bright star, would I were steadfast as thou art, not in lone splendour hung aloft the night,* « Belle étoile, vais-je rester immobile comme toi, suspendu dans la nuit ? »... Une fois le corps chéri incinéré et ses cendres confiées à la mer, le héros de ce doux et violent mélodrame s'est trouvé libéré, psychologiquement allégé, sans qu'il ait jamais rêvé de cet état. Ses gestes, ses déplacements, ses projets, ne dépendent plus que de lui. Son passé, jusque là grevé de lourdeurs à oublier, mérite soudain d'être intégralement mémorisé. Les épreuves qu'il a traversées, celles qui ont frappé ses proches, prennent la saveur de *péripéties*. Un jour, peut-être, il les racontera, mais en attendant ce nouveau baptême elles doivent déjà perdre leur allure d'entraves. L'aventurier, le héros, a droit à du neuf. Redevenu actif, il met le dernier décor de la saga en vente sur internet. Puis il téléphone à la mairie du village pour dire qu'en attendant cette transaction la maison est disponible, meublée, qu'elle pourrait accueillir une famille de migrants, de préférence avec des enfants, les enfants transforment la moindre cahute en vaisseau de science-fiction.

Et il prend la route. À pied. *2020 ou 2050, a Road Odyssey.* Il lui reste une retraite convenable qu'il pourra se faire verser dans des bureaux de poste ou des agences bancaires, à Quimper, à Vesoul, à Kuala Lumpur.

Faut-il croire à ce gag ? Les scénaristes ont du talent. Ni bolide allemand ni miniature italienne, c'est un énorme camion qui le frôle avant de s'arrêter en profitant d'un élargissement de la chaussée sur quelques dizaines de mètres. Bruits de jets d'air comprimé qui évoquent des soupirs ou des gémissements. Soubresauts du monstre qui font penser à des haussements d'épaule. On dirait qu'il va parler, comme dans un film de Disney. Le sol de la cabine est à la hauteur du visage du piéton, loin du chauffeur, mais un mécanisme permet à ce dernier d'ouvrir la porte côté passager sans avoir à bouger. Surprise, c'est une frêle jeune fille qui conduit les pieds nus sous un short court en toile de jean et un *marcel* phosphorescent. Ce doit être interdit. Un petit ruban rose lui serre la cuisse, à moins qu'il ne s'agisse d'un tatouage coloré.

Elle demande :

– Où va le grand-père ?

Il répond :

– Je ne sais pas, je ne le connais pas, demandez à son petit-fils ?

– Ah ! ne le prenez pas mal, ou bien teignez-vous les cheveux ! Alors où ?

– Là où vous allez vous-même.

– Ouh là, dangereux le bonhomme ! je ne vous prends pas ! »

Puis, elle se ravise :

– Allez, montez !

Une fois installé, c'est au tour de l'invité de s'enquérir de la destination de la belle et de sa gigantesque bête.

– Vous verrez bien ? à Calais ? Lampedusa ? Kaboul ?

– Ça me va. Je voudrais seulement connaître le nom du cornac.

– Indira… Mais non ! Julie. C'est vendu ?

– J'achète !

La radio déverse dans la cabine un mélange insensé de messages : des raps qui hurlent l'ennui de la vie dans des cités inconnues, des publicités pour couches culottes ou pour voitures « suréquipées ». À Paris, la police a évacué pour la troisième fois des dizaines d'Africains qui campaient sous le métro aérien de *La Chapelle*. Drôle d'église. Trois jours après avoir lancé un missile balistique au-dessus du Japon, la Corée du Nord a testé une bombe H que son étrange président garantit miniaturisée et transportable. Il vient aussi de promouvoir dans les instances dirigeantes du Parti sa sœur cadette, comme lui formée en Suisse, pays des milliardaires et des vaches à clochette. Sympa. Il s'en passe des choses sur ce vaisseau spatial ! Un tout petit canot. Le président américain se réjouit d'apprendre au réveil qu'il va désormais pouvoir *tweeter* plus de cent quarante signes. Son homologue russe exhibe ses pectoraux, à cheval dans la toundra sibérienne.

Lorsque ladite Julie coupe ce torrent sonore, le silence qui suit est d'abord aussi difficile à supporter. Qui est-il, qui est-elle, qui suis-je et que pourrais-je dire ? Mais bientôt le moulin de la parole l'emporte sur la timidité des deux acteurs. L'automate est plus fort qu'eux, il veut se faire entendre comme le moteur du camion, produire des confidences, solliciter la pitié, lancer d'agaçantes énigmes, des plaisanteries idiotes, se noyer dans les rires. Il est fait pour ça.

Gabriel ne retient rien des aveux qui lui viennent sur sa situation, son histoire, son veuvage, sa décision. Il ne sait pas où il va, il ne veut pas le savoir, tandis qu'il y a peut-être des Syriens ou des Afghans chez lui. À vrai dire, il rejoint bien quelqu'un : son copain le Hasard. Un secret et une occurrence se sont conjugués pour le lancer sur cette route. L'événement, c'est le décès de sa femme. Il y a trois jours. Après soixante ans d'amour. S'il a eu des enfants, ils sont désormais assez grands pour se débrouiller seuls et laisser leur papa vivre ses folies.

– Et le secret ?

– C'est plus difficile à dire, je ne sais pas si j'y arriverai.

– L'appel de l'aventure ?

– Vous sautez les étapes. Est-ce que le fait d'être pris en stop par une improbable conductrice suffit à en faire une aventure ?

– Ça dépend de la suite.

– Si ce n'était rien d'autre qu'un camion qui s'arrête,

« bonjour, bonsoir, où allez-vous ? », est-ce que ce serait une histoire publiable ? Vous voyez, c'est un peu plus compliqué !

– Je ne vois rien. Qui parle de publication ?

Après un long silence, Gabriel lève la vanne qui retenait l'étang de ses divagations. On entend l'eau couler. Il laisse surgir ses souvenirs sans se demander plus avant si ce sont d'authentiques confessions ou des rêves, des désirs encore jouables ou déjà morts. Il les endosse comme des rôles de théâtre devenus des tranches de vie. Ce mélange le représente plus justement que ne le ferait un rapport de police. Une menuiserie jouxtait sa maison d'enfance, il a donc été ébéniste. Avant de devenir photographe, bricoleur et coureur de fond. Marathonien même, voyageur. Professeur. Romancier. Peintre, sculpteur. Il aimait rêver en caressant la rude matière du bois, en éprouvant la fatigue de ses muscles, la brûlure de sa trachée. Il aimait, et il aime toujours, *se retrouver* non pas seulement devant mais *dans* les paysages les plus improbables et les plus somptueux, réels ou dessinés. Cette présente errance dans un vrai paysage, dans des ombres et des lumières indiscutables, sous une bruine qui lui caressait les joues il y a peu et qui lave maintenant le pare-brise, ressemble à l'invention d'une histoire dont les choses auraient remplacé les mots.

– Jorge Luis Borges, l'écrivain argentin, a écrit quelque part, je ne sais plus où, alors qu'il s'apprêtait à rapporter un épisode de sa vie, qu'il ne savait plus très bien si, ce dont il se souvenait, c'était l'anecdote elle-même ou le récit qu'il en avait déjà fait.

– Quelle était la profession de votre femme ?

– Elle en a mené plusieurs de front, elle aussi : galeriste, amoureuse, cancéreuse.

Gabriel lâche plus encore les rênes. L'idée d'être entraîné par des chevaux le submerge et le séduit, fussent-ils de vapeur. Par des étalons, pour en faire des emblèmes. Noirs, les étalons, comme le bout de la route ! *La Poursuite infernale, La Chevauchée fantastique*, John Ford. Il se tapote les cuisses, à la recherche d'un générique introuvable. Où se cachent la première et la dernière page, la table des matières, le but, la raison, la fin de cette aventure ? Raoul Walsh, *Les Implacables, La Charge héroïque*. Borges, toujours Borges, *La Mort et la Boussole*.

– Plusieurs écrivains ont imaginé des personnages conformant leur vie à des modèles écrits, puisés dans d'autres textes.

– Don Quichotte, fasciné par les romans de chevalerie !

– Emma Bovary, par les feuilletons à l'eau de rose. Et un garnement auquel on pense moins : Tom Sawyer. Quand dans leur village américain de *Saint-Petersburg* Tom convainc son copain Huckleberry Finn de former à eux deux une bande de brigands, il exige que toutes leurs initiatives paraissent sortir des magazines qu'il affectionne. C'est une compagnie qui me va.

– Dans *Misery* de Stephen King, c'est plus violent.

Une lectrice fanatique séquestre l'auteur d'une série pour qu'il en poursuive l'histoire au lieu de faire mourir l'héroïne.

– J'ai lu. Ce deuxième niveau dans la fiction confère en retour réalité au premier. On est en Amérique, dans la vie la plus quotidienne, comme le rappelle le titre anglais conservé, même dans la traduction française.

– Si vous le dites !

– La folle va rentrer de ses courses, d'un *Walmart* ou de chez *Macy's*, et constater les manigances de sa victime.

– Brrr ! Dans *Shining* aussi, Jack Nicholson essaie d'écrire un livre…

– Seulement dans le film de Kubrick. Le spectateur commence par en attendre une révélation sur les mystères multiples qui hantent l'hôtel avant de découvrir que ce *non-texte* n'est qu'une absence, un vide, un aperçu plus qu'un produit de la folie du monstre, une image du trou qui lui tient lieu de cerveau… Le texte de King s'intéresse davantage au petit garçon qui a des dons de médium et mérite donc ce titre de *The Shining* « celui qui brille ». Comme une étoile.

» De mon côté, je pense plutôt à un autre de ses romans, *Secret window, secret garden*, qui pousse le paradoxe à l'extrême, puisqu'un personnage y sort carrément de la fiction pour revenir par une fenêtre secrète, dans le jardin secret de l'auteur, reprocher à celui qui prétend l'avoir conçu d'avoir en fait volé l'histoire à un camarade pendant leurs études. Il veut lui aussi obliger le plagiaire à « changer la fin » trop douce en y plaçant l'élimination d'une femme, en l'occurrence de la sienne, c'est-à-dire en la tuant réellement. On est à la fois dans une tête, dans un livre, et dans la vie. Dans la folie encore une fois.

– Brrr ! brrr !

– Dans un registre moins hystérique mais non moins métaphysique, j'ai trouvé un polar dont le héros, après avoir résumé son passé, constate qu'il a rattrapé le temps présent et décide de passer à la suite, c'est-à-dire au futur. Il écrit le journal de ses jours à venir et s'emploie ensuite à jouer ce scénario…

– Ça devient drôle ?

– Tragique. Ses ennemis qui ont surpris son secret imaginent une manière radicale d'attenter à sa vie : en modifiant son texte ! D'où le titre : *Rature*, plutôt que « meurtre » ou « crime ».

– Quel intellectuel vous faites, cher Papy ! Pardonnez-moi. On a l'impression que l'état réel des choses ne vous intéresse pas, que l'actualité concrète n'est pas assez subtile pour vous retenir. Je me trompe ?

– Plutôt. À la vérité, j'adore cette époque qui permet de consulter toute la mémoire de l'humanité sur son *smartphone*, serait-ce en pyjama à trois heures du matin. Je n'aimerais pas revenir hanter les couloirs de Versailles aux odeurs d'urine, ni voir tomber successivement la tête de Louis XVI et celle de Marie-Antoinette, avant celles de leurs justiciers…

– Mais accompagner Chateaubriand sous le tipi

d'Atala ? bavarder avec Montaigne devant un verre de bordeaux ?

– Je n'arriverais pas à les joindre ! Vous vous souvenez de ce petit jeu consistant à relier deux personnages quelconques. Je connais le maire de ma commune qui est proche du député de la circonscription, lequel a été présenté au président de la République, qui a déjà rencontré Donald Trump et Xi Jiping : en quatre ou cinq relais vous êtes à Pékin ou à la Maison Blanche. Ou bien en incluant deux ethnologues dans la chaîne vous arrivez à saluer un chaman Yanomami des bords de l'Orénoque. C'était déjà vrai hier depuis l'apparition des États, de grandes structures sociales qui ont posé des jalons dans les populations. Mais aujourd'hui nous sommes passés à un autre niveau de complexité et de simplicité, les deux à la fois, de rapidité en tout cas. L'extraordinaire réseau des *mails* rend possibles des contacts directs instantanés de personne à personne dans la foule des sept milliards d'humains. Ce n'est plus la même espèce.

Mesurant soudain le caractère déplacé de ce discours tenu à une *camionneuse* dont il ne sait rien, serait-elle étrangement cultivée, Gabriel se recroqueville dans un silence gêné. Pas de « camionneure » tout au moins, de ce choix il est sûr. Mais son œil prend seul la décision de jeter un bref regard sur sa gauche. Rien d'inquiétant, Julie s'amuse, elle paraît réellement intéressée. Ses joues se sont même empourprées comme si elle se trouvait concernée. Et elle vient au secours du malheureux. Elle parle à son tour. Elle commence étrangement en confessant qu'il lui est déjà arrivé de retrouver chez un interlocuteur une idée qu'elle avait elle-même nourrie, mais sans la confisquer à son seul bénéfice. C'est peut-être un hommage ? Elle a entrepris une licence d'histoire avant de passer en lettres, puis de s'ennuyer définitivement sur les bancs de la faculté, « vaincue par l'impression de s'enfermer dans une foule ». Trop de gens étaient déjà passés par là, avaient déversé dans ces amphis des cataractes de rêves désormais éculés qu'elle a donc décidé « d'envoyer par-dessus les moulins, comme Don Quichotte précisément ». Elle voulait des moments, des espaces de liberté, de jour comme de nuit. Ouvrir sa vie, « ce western toujours menacé d'une balle ou d'une métaphore perdues ».

– Vous écrivez bien !

– Je n'écris pas ! Je respire.

Au décès de son père, elle a hérité cette entreprise de transport en partage avec son frère. Mais elle a mis comme condition à sa participation « de ne pas dépérir dans les bureaux » et de s'en tenir à courir les routes.

– Pieds nus ?

– Voilà.

Elle a passé son permis poids lourds, et une émotion fabuleuse l'a submergée lorsqu'elle est partie seule pour la première fois, au volant d'un *douze-roues* comme celui-ci qu'elle peut conduire d'un doigt. Aux États-Unis ils en ont dix-huit ou même plus. En Australie on les attache par trois pour créer de véritables trains routiers. Elle ira peut-être un jour se mesurer à ces dinosaures. Échauffée par cette perspective, elle évacue brièvement les « marronniers » comme dit l'un de ses copains journaliste. Les machines sont désormais les alliées des femmes, elles leur ouvrent les professions qui leur étaient autrefois interdites. Des sœurs sont pilotes sur des chasseurs militaires, officiers sur des sous-marins nucléaires lanceurs d'engins. Bientôt des fantômes voilés de noir sillonneront les déserts d'Arabie Saoudite.

– Des sœurs ?

– Je ne serai pas une « routière » professionnelle *ad æternam*. Je ne sais pas combien de temps ça va durer.

– Vous êtes une intello en année sabbatique !

– Ça m'irait. Certains jours, je me promets de reprendre des études. D'autres fois, je me dis que j'y suis déjà, je fais une licence de vie…

– Un master au moins, une *mistress*. Vous me troublez, mademoiselle Julie, si c'est bien votre nom. Je me suis lancé dans l'inconnu à l'aveuglette, en attendant un cadeau du hasard. Et vous m'offrez d'emblée une surprise que je n'aurais su imaginer : une agrégée de lettres en short qui conduit un quinze tonnes !

– Trente. Il n'y a que le short qui soit vrai dans votre portrait. Pour l'agrégation, il vaut mieux oublier… Quel âge avez-vous dit ?

– Quatre-vingt-trois.

– En dépit de votre péroraison sur les mails et internet, je me demande si vous mesurez bien les changements en cours autour de vous. Des intellectuels qui préfèrent se servir de leurs mains, des artisans qui ont lu Joyce et Kafka, des types sans diplômes qui créent des *startups* et deviennent milliardaires, la vie en est pleine désormais.

– « Si vous le dites ! », comme vous disiez…

– Moquez-vous !

II

Non loin de là. Le célèbre Quai des Orfèvres ou la rue du Bastion près de la Porte de Clichy, nouveau siège de la police judiciaire. Peut-être un simple commissariat dans un arrondissement parisien, alors le vingtième de préférence. De grosses cylindrées *Uber* et des taxis plus modestes, des camions de livraisons, luttent pour occuper la chaussée en se méfiant des gyrophares bleus. Il est tôt, il fait froid. Si c'est l'île de la Cité, les bateaux de touristes n'ont pas encore commencé à marquer les eaux de la Seine de moustaches blanches. Des manteaux chapeautés sortis d'un film de Brian de Palma s'engouffrent sous un porche devant des fonctionnaires armés de mitraillettes. Tous les *agents* du monde portent désormais le même uniforme venu des États-Unis qui écrase leur silhouette : blouson, casquette. On peut regretter le casque des anciens *bobbies* britanniques qui leur valait quelques élégants centimètres de plus.

Fondu au noir ou *cut*.

– Bonjour Commissaire !

– Bonjour Christelle, votre café parfume le couloir jusqu'à la cage d'escalier. « Haï Paul », écrit *hi* n'est-ce pas, h, i, à l'américaine ? Comment va ce matin ?

– « Salut » m'irait très bien.

– C'est devenu vieux jeu et trop familier, mes gosses se moqueraient de moi. Quelle inquiétude a chatouillé vos neurones cette nuit ? C'est merveilleux de vous avoir à disposition, inutile de lire les journaux ou de consulter la liste des *mains courantes*, il suffit d'attendre la revue de l'inspecteur Lévy !

– Ne recommencez pas. C'est L, a, v, i, s, prononcé *Lavisse*, s'il vous plaît.

– Comme sur les vieux manuels scolaires. Ça fait poussiéreux.

– Non, comme moi.

– Un lavis sans rien qui siffle à la fin, c'est joli, délicat et puissant à la fois, il y a de la Chine dans l'encre, c'est porteur d'avenir dans le monde actuel. Pour ne rien dire de « la vie » ?

– Je vais devoir supporter cette ritournelle tous les matins ? S'il vous plaît Monsieur !

– Comment se porte notre tueur en série ?

– Vous voulez dire celui du Père-Lachaise ? ou *celle* peut-être ? J'aimerais bien que ce soit une femme, ça nous changerait. Ou toute une troupe, une secte de malades des deux sexes…

– …voire des trois ou quatre « genres », pour rester dans le coup. Ce n'est pas vous qui en déciderez. C'est notre lot, nous subissons, nous sommes les servants de l'Administration.

– Du réel. C'est beaucoup trop tôt pour parler de « série », et même de « tueur ». Ce n'est peut-être qu'un *tagger* énervé ou drogué qui a barbouillé de peinture rouge la tombe d'un auteur qu'il jalouse ? Ça m'a bien paru être du sang, mais j'ai demandé une analyse, on devrait être fixé dans la matinée.

– Et pourquoi Proust ? Il ne pouvait pas choisir plutôt Gérard de Villiers ou Frédéric Dard ? J'aurais accepté de les relire pour chercher des indices.

– On le lui demandera quand on l'aura coincé. Ce sera intéressant, il ne m'étonnerait pas qu'un éditeur lui fasse une proposition ! L'énigme tient peut-être à un détail que nous n'avons pas encore exploité. Par exemple, je ne sais pas si je vous l'ai dit, il y avait à côté de la tombe une petite poupée, volontairement placée par le barbouilleur ou perdue par un enfant de passage, allez savoir.

– Quel genre ?

– Intermédiaire, m'a dit le gars qui faisait office de gardien quand je suis passé, entre une *Barbie* et une *Kachina* des indiens Hopis.

– Oh là, ça se complique !

– L'été, ils prennent des étudiants en stage, et celui-là fait une licence d'ethnologie.

– Ce n'est pas le gardien qui nous intéresse, c'est l'assassin !

– Une enquête, c'est un tout. Au demeurant, les deux pourraient même être une seule et même personne ? Vous me faites penser que j'aurais dû vérifier les affaires du gamin : si j'y avais trouvé une bombe de peinture rouge, l'affaire aurait été close.

— Pour être complet, vous auriez dû regarder aussi dans le bec des moineaux, sous les ailes des corbeaux ?

— Des mouettes. Elles viennent jusqu'à Paris.

— Rien d'autre ?

— Si ! très lointainement, à la télé, mais puisque nous parlons littérature...

— Et allons-y, notre Hercule Poirot a encore trouvé de quoi perdre son temps ! J'aimerais bien, tout de même, Lavis, que vous vous occupiez autant de vos vraies enquêtes que de vos rêves.

— Policier, chercheur, écrivain, scénariste, sont des métiers très proches. J'ajouterais même volontiers simplement *homo sapiens*, « animal inquiet, malade de questions sans réponses ». De plus en plus de collègues se mettent à écrire des séries, mais à l'inverse, comme vous le savez, j'ai eu du mal à me faire admettre dans le Service avec une licence de lettres...

— Heureusement, j'étais là. J'ai plaidé !

— Merci. Les scientifiques et les flics combattent le hasard, nous voulons des causes, des enchaînements de raisons, tandis que le romancier flatte la bête pour offrir de belles surprises à ses lecteurs. Quelque chose se produit hors de toute prédiction, de toute logique, une rencontre imprévue, un accident, un événement heureux, et c'est parti pour deux cents pages ou quatre-vingt-dix minutes de film !

– Vous écrivez vous-même ? le soir, le week-end ? Ça ne m'étonnerait pas !

– Je ferais bien ! Agatha Christie a gagné plus d'argent que son détective de légende. Un type se fait voir sur les lieux d'un meurtre : est-ce qu'il l'a commis ou est-ce qu'il passait par là pour rentrer chez lui, pour retrouver sa femme ou pour aller voir une copine…

– … pour acheter un ticket de loto ?

– Vous vous y mettez, vous n'êtes pas de *la Rousse* pour rien ! Et l'intérêt rebondira selon que vous ferez perdre ou gagner votre zozo. C'est une technique bien connue des auteurs de scénarios à suspense que de mêler deux histoires sans rapport. On n'arrive pas à passer logiquement de l'une à l'autre. L'un des sorciers ou plutôt l'une sorcières les plus diaboliques dans ce genre de manipulation est l'Américaine Patricia Highsmith, et l'exemple le plus pur du procédé son fameux *Strangers on a train*, « L'Inconnu du Nord-Express », porté à l'écran par Hitchcock : deux personnages parfaitement étrangers l'un à l'autre font connaissance dans un train, s'aperçoivent qu'ils ont deux projets d'assassinat que rien ne relie et décident de les échanger. En commettant gratuitement le meurtre envisagé par l'autre, chacun égare d'avance les malheureux détectives qui n'arriveront plus à remonter des indices aux auteurs.

– Demandez donc à votre Américaine de venir faire un tour au Père-Lachaise ! Elle trouvera peut-être de quoi nous aider ?

– Elle est elle-même décédée en 1995, et elle s'est fait incinérer.

– Votre « elle-même » me donne raison. Vous avez déjà décidé que c'est du sang qui tache le marbre. Racontez-nous donc ça ! Un pervers monstrueux a égorgé un minet sur la tombe d'un écrivain homosexuel ?

– Plutôt *une jeune fille en fleurs…*

– Vois pas. Quand vous aurez trouvé le monstre n'oubliez pas de lui passer les menottes plutôt que de le féliciter pour sa culture ! Christelle, venez avec moi, nous allons recevoir les stagiaires que nous envoie Sciences Po, qu'est-ce qui leur prend rue Saint-Guillaume ? comme si nous n'avions pas assez de boulot ! Ah, bonjour Dunan, votre collègue a repéré une énigme dans les émissions d'hier soir, mais il m'a déjà trop fatigué pour que je continue à écouter ses délires. Je vous le laisse, essayez de le soigner !

– Salut !

– Salut.

– Il a vraiment l'air en pétard !

– Penses-tu, il est emmerdé parce qu'il n'a pas lu Proust !

– Moi non plus ! Tu as du neuf ?

– Rien. Tout à l'heure peut-être.

– Et cette histoire de télé ?

– Aucun rapport, c'était pour passer le temps en attendant le rapport du labo.

– Dis toujours.

– Tu as regardé *La Grande Librairie* sur la 5 hier soir ?

– Non, ma femme m'impose un soir sur deux un opéra de *Mezzo*, mais hier soir c'était *Greys 'Anatomy* au menu familial.

– Le présentateur a commencé par dire à l'auteur invité, un romancier british très célèbre, qu'il avait reçu dans la journée une lettre l'accusant de vol. Il a demandé au bonhomme l'autorisation de lire le libelle à l'antenne, ce que l'élégant gentleman a accepté. C'était très bien argumenté. Du coup, pendant le quart d'heure suivant, ils ont élargi le problème à Ésope et La Fontaine, à Virgile et je ne sais plus qui.

– Trop fort pour moi !

– L'interdiction du plagiat est un phénomène récent. L'imitation a été la règle des auteurs jusqu'aux tout derniers siècles. On conseillait aux jeunes gens de démarquer les anciens pour se former. Pas trop de difficultés dans le cas des poètes sinon une absence de nouveautés, mais chez les philosophes et les scientifiques on perpétuait ainsi aussi bien les erreurs que la vérité. Pour ne rien dire des prédicateurs.

– « *C'est écrit*, donc c'est vrai » ?

– Rien de plus faux ! Voir toutes les saletés comme *Mein Kampf*, les pamphlets de Céline ou les *Petits Livres Rouges*, verts, noirs… On devrait dire des « *errata* d'Histoire » plutôt que des manuels. Un exemple parmi d'autres, je lisais l'autre jour qu'on ne compte plus les auteurs qui, les uns derrière les autres, ont fait descendre les rois de France d'un certain *Francion* ou *Francus*, aussi troyen qu'Énée : jusqu'au célèbre Ronsard dans sa ridicule *Franciade*. Il paraît que les linguistes modernes se demandent aujourd'hui s'il ne faudrait pas lire l'origine de cette folie dans l'erreur d'écriture d'un premier copiste anonyme : l'épithète *troiana* ou *trojana* qualifiant une colonie romaine fondée sur les bords du Rhin par l'empereur Trajan aurait été mal reproduite en *Tronie* puis *Troia* !

— Mon frère m'a dit que tous les sujets du bac philo étaient traités sur internet.

— Gare aux fautes de frappe et à leur multiplication !

— Mais la société et la culture ont changé ? Le *copié-collé* est désormais interdit, réputé frauduleux.

— Il était temps. À propos d'erreurs et de décomptes sans fin, j'ai entendu un type très calé de l'*École des Hautes Études*, c'est près de chez moi, nous fréquentons le même bar, rappeler que l'Église catholique n'a autorisé la lecture de la Bible en grec ou en hébreu qu'en 1941 ! Dans une phrase de la version française en cours avant cette date, traduite du latin, « il n'y a rien à compter » avait été compris comme « c'est impossible à compter ». À quoi s'était ajoutée une confusion entre les deux sens du mot *deficiens*, d'une part « ce qui manque » et d'autre part « déficient mental ». Au résultat *« on ne peut compter ce qui manque »* avait été rendu par *« les fous sont innombrables »* !

— *Brève de comptoir* très savante ! Je mesure que nos petits faits divers en viennent à t'ennuyer ! Le préfet devrait t'autoriser à chasser dans l'Histoire, sinon tout de même dans la littérature. Tu serais le premier policier de ce nouveau genre.

— De tels récits existent, c'est ce qu'on appelle des *uchronies*. Des types se promènent dans le temps et ne reconnaissent plus notre monde quand ils reviennent dans la ville où ils vivent aujourd'hui : parce que, pendant leur ballade, on a changé le passé. Ma fable préférée est une nouvelle de Bradbury dans laquelle la maladresse d'un chasseur qui est retourné tirer des dinosaures mais a malencontreusement écrasé une fourmi, sans doute un maillon clé de l'Évolution, aboutit cent millions d'années plus tard à une modification de la langue anglaise !

— Comment t'es-tu retrouvé flic, finalement ? Tu as fait des études de lettres ?

— Un master à vrai dire. Je n'ai pas voulu en remettre devant le patron tout à l'heure puisqu'il faisait mine de l'oublier.

— Qui était cet auteur anglais accusé hier soir ?

— Un grand bonhomme : Ian McEwan.

— Connais pas.

— J'ai regardé l'émission parce que l'un de ses livres précédents m'avait profondément troublé. Je n'imaginais pas qu'on puisse lui chercher noise sur le dernier.

— Tel que je te connais, tu as vérifié le plagiat ? Les librairies n'étaient pas ouvertes, mais tu as foncé sur le site d'*Amazon* ?

— Tu ne poses pas la bonne question…

– Dis-moi, tu en meurs d'envie.

– La lettre de dénonciation n'était pas anonyme, elle était signée.

– Ah, d'un nom connu ?

– Certes, mais tu ne trouveras pas !

– Il ou elle ?

– Il.

– Donne-moi un prénom.

– Un certain *William*.

– L'héritier du Trône ?… quelle histoire !

– Mieux encore : *William Shakespeare* !

– N'importe quoi ! Avec le cachet de la poste de Stratford-upon-Avon ? Qu'est-ce que ton imprudent s'est permis de copier ? *Macbeth* ?

– Presque.

– C'est la seule citation anglaise que je connaisse : « *un conte dit par un idiot, plein de bruit et de fureur, et qui ne veut rien dire* » !

– La vie, pas la pièce. Non, cette fois c'est d'un polar qu'il s'agit.

– Signé Shakespeare ?

– Une femme enceinte du frère de son mari s'apprête à dépouiller et tuer le malheureux trompé.

– *Hamlet !* Ouf, je ne suis pas trop nul.

– Hamlet *indeed*, mais « *in utero* » comme l'écrit l'éditeur sur la quatrième de couverture. Le premier coup de génie de l'auteur est en effet de faire raconter la machination par le fœtus, la tête en bas dans le ventre de la criminelle. Il entend tout à travers le péritoine qui fonctionne comme une membrane de haut-parleur. Je te passe les moments où les affreux font l'amour à quelques centimètres du petit espion…

– Beuh !

– La seconde belle idée est de faire *avorter* l'entreprise, c'est le cas de le dire, en faisant perdre les eaux à la parturiente à la minute où elle voulait s'enfuir avec son acolyte. Les humains sont hors course : c'est la Nature qui sanctionne !

– Magnifique ! Shakespeare revient de la *Série Noire* à l'Académie des sciences !

– C'est à peu près à son époque que l'imitation des anciens est passée de l'hommage respectueux au vol crapuleux. En moins d'un siècle fleurissent des œuvres cette fois originales comme *Pantagruel* et *Gargantua, Hamlet, Othello…*

– *Roméo et Juliette !*

– *Don Quichotte de la Manche.* Shakespeare et Cervantes sont morts la même année, 1616. Maintenant, l'imprimerie et Internet aidant, des milliards d'histoires « sont dans l'air », ce qui expose chacun de nous à revendiquer des récits qui sont à tout le monde.

– *Story telling* ?

– C'est autre chose, c'est le fait de considérer comme plus efficace une belle fiction qu'une argumentation logique, une fable séduisante que des vérités déplaisantes. Les prédicateurs et même les dieux de tous les temps ont pratiqué cette entourloupe, et les hommes politiques contemporains ne l'ont pas oubliée. Non, je pense plutôt aux croisements volontaires ou involontaires – soyons gentils, aux *rencontres* – de plusieurs auteurs sur les même thèmes. L'un des écrivains qui s'est penché le plus sérieusement sur la question est paradoxalement notre collègue et pitre de papier Stephen King, qui y a plusieurs fois trouvé matière à des développements horrifiques. Il a glissé au passage dans une histoire de plagiat, bien entendu sanglante, que *« lorsqu'une esquisse de récit vous vient à l'esprit, personne ne vous en donne un droit d'exploitation sur papier timbré. Écrire des histoires relève toujours un peu du vol. »* Et de vanter *« la Grande Banque à Idées de l'Univers »*.

– Une dangereuse confession !

– Grandiose. Mais tous les plagiats ne jouent pas au même niveau. On peut démarquer le principe d'un récit, son organisation, ou carrément le détail des aventures qu'il relate. Par exemple, plusieurs auteurs – Pierre Gripari, Mickey Hall, Paul Auster – plaçant un de leurs personnages devant une bifurcation ont préféré raconter les deux destins possibles sans choisir l'un plus que l'autre…

– Puis les quatre vies si la chose se reproduit ? les huit, les seize ?…

– Éventuellement. Y a-t-il vraiment plagiat dans la mesure où seul le dilemme est commun tandis que les parcours résultants sont sans rapport ?

– À ton avis ?

– C'est selon. Selon l'arrière-pensée de l'auteur, selon la culture et l'humour des lecteurs, selon la situation du débat dans l'histoire de la littérature. Si elle est drôle et réussie, une imitation de Shakespeare vaut plutôt des éloges complices que de vilains reproches au romancier d'aujourd'hui...

– Et une invitation à la Télévision.

– Quand les rêves et les faits se mêlent et se démarquent, l'imbroglio devient plus troublant encore. C'est au même Ian McEwan qu'on doit un bel exemple d'une telle manipulation, ou peut-être au cinéaste Joe Wright qui a tiré un film de cet autre roman, *Atonement*, « Expiation ».

– Beau titre.

– Oui, mais hélas devenu *Reviens-moi* dans les salles françaises. Il me semble bien que l'effet est plus fort encore sur un écran, parce qu'une image montrée et donnée pour vraie ne permet pas de douter de sa réalité. Elle joue de l'évidence, elle évite la médiation des mots d'une page écrite.

– Mais ça peut se raconter ?

– Ça peut. Dans les années 1930 une très jeune adolescente de la *gentry* anglaise, sans doute éprise en secret de l'amoureux de sa sœur ou peut-être simplement désireuse de s'affirmer, a ravalé son malaise en accusant à tort le jeune homme du viol d'une cousine. Le malheureux est arrêté, emprisonné, incorporé quelques années plus tard dans les forces armées du Royaume que les Allemands malmènent dans la région de Dunkerque. Puis, un peu bizarrement – mais tu vas comprendre pourquoi – les deux amants, le garçon et l'aînée, finissent par se retrouver. La vilaine cadette, elle, que le film nous présente toujours sous un jour aimable, est devenue infirmière, elle se dévoue pour soigner les soldats. À peine une conversation avec une collègue nous laisse-t-elle entendre qu'elle écrit ou qu'elle envisage de le faire. Elle revient voir sa sœur qui vit enfin désormais avec son chéri, lequel reproche violemment à l'ancienne mythomane les épreuves qu'il lui a dues et qu'il lui doit encore. Et puis soudain, dans les dernières minutes du film, apparaît sur un plateau de la BBC une romancière âgée annonçant que cet *Atonement* dans lequel elle avoue son forfait est son dernier livre car sa santé se dégrade. Bientôt son cerveau sera atteint, elle aura tout oublié, les êtres réels dont elle a évoqué le destin ne seront plus que des personnages de fiction, des silhouettes de papier… Autrement dit, le passage qu'on vient de nous présenter n'était pas une chronique véritable. C'était une mise en scène du roman qu'en a tiré la menteuse. À la vérité, confie-t-elle au journaliste qui l'interviewe, elle n'a jamais affronté ni sa sœur ni le garçon doublement aimé car ils sont morts tous les deux dès 1940 sans s'être jamais revus, l'une dans les bombardements de Londres, l'autre d'une maladie contractée au combat. Les scènes de leur bonheur que nous avons vues, et même celle des reproches du garçon à son accusatrice, étaient des rêves non avenus, des pages du livre offertes aux deux disparus par leur bourreau sans pardon.

– Terrible.

– Ce qui est troublant dans ce dispositif, c'est qu'il

donne une réalité plus forte aux fictions qu'il a présentées sans les avouer telles, qu'à l'histoire véritable qui n'a guère été montrée. À qui appartiennent ces scènes virtuelles ? À la fois aux deux spectres qui ne les ont pas vécues et à celle qui, après les avoir exclues du réel, leur a fait une place en littérature.

– Aux lecteurs et aux spectateurs désormais… Tu pleures, cher justicier ?

– Oui.

– Moi aussi. Heureusement, le patron et Christelle sont sortis ! Des flics aux yeux humides, ce serait un scoop pour les *paparazzi* !

– Dans le livre, Ian McEwan fait dire à la romancière chancelante, je l'ai noté dans mon iPhone : « *J'aime à penser que ce n'est pas par faiblesse ou par dérobade, mais par un dernier acte de générosité, un rempart contre l'oubli et le désespoir, que j'ai laissé mes amants vivre et se retrouver à la fin. Je leur ai accordé d'être heureux, mais je n'ai pas poussé l'égoïsme jusqu'à m'en faire pardonner. Pas d'expiation pour Dieu ni pour les écrivains.* »

III

Le camion est un tigre qui ronronne. Il dévore le bitume comme un ruban de réglisse. Julie chantonne, peut-être pour dissimuler son trouble. Depuis la position surélevée de la cabine, Gabriel a fugitivement aperçu les jambes de la passagère d'une voiture qui vient de les doubler. Elle avait remonté sa jupe jusqu'au haut des cuisses, ou bien c'était son partenaire qui l'avait fait pour pouvoir glisser sa main dans la fente chaude. Quelle tête, ce conducteur invisible ? celle de Gabriel à 30-35 ans. Tout à l'heure, il va virer subitement à droite en faisant crisser ses pneus, et il engouffrera son *Audi* dans un petit chemin bordé de haies. Les deux amants se jetteront l'un sur l'autre, ouvrant chemise et corsage au risque de faire sauter quelques boutons. Pantalon, slip ou *string*, c'est plus difficile. Gabriel n'a jamais trop aimé cette gymnastique disgracieuse, mais Sidonie insistait pour la pratiquer « comme les autres ». Les odeurs intimes envahissent l'habitacle. Différence des sexes. D'un côté, le sceptre tendu qui sort de l'étui du prépuce. De l'autre la custode sacrée, la toison déjà mouillée. Fusion. Jet blanc du sperme dans la caverne rose et noire.

Un peu plus loin, dans une clairière dissimulée par des ronciers, c'est affreux. Un salaud arrache la culotte d'une jolie fillette qu'il a enlevée dans une fête de village, en lui proposant d'aller voir les lapins. Il aura du mal à pénétrer le petit corps trop étroit, il ne jouira même pas. D'où lui vient cette détermination plus forte que sa honte ? C'est une soumission, il obéit. Ensuite il faudra tuer, noyer d'essence, allumer, s'enfuir, se laver, nettoyer la voiture. Et nier, nier, nier.

Julie regarde Gabriel :

– C'est vous qui écrivez sûrement ?

– J'ai essayé, mais je ne parviens jamais à terminer un livre. Je me perds dans des divergences infinies. Après chaque anecdote, presque après chaque phrase, mille continuations s'offrent à mes personnages, toutes plus excitantes les unes que les autres…

– Comme dans la vie à chaque seconde ? Vous pourriez voir dans cet écho une forme d'adoubement ? un baptême de vérité ?

– Sauf si l'affaire devient trop complexe, si se lèvent des vagues croisées qui rendent le texte ingérable. J'ai quelquefois essayé de conserver cette offre plurielle de destins en les décrivant tous. Mais au-delà de quatre ou cinq on s'y perd, on ne sait plus de qui l'on parle, cette difficulté devient paradoxalement une facilité. En proposant son « *4 3 2 1* » Paul Auster n'a jamais su que je l'avais plusieurs fois devancé, un prix littéraire l'a même conforté dans sa conviction d'innover. Avant lui, avant moi, un courageux, Pierre Gripari. avait tenté d'aller jusqu'au bout du vertige en refusant de céder devant l'éparpillement : mais *Les Vies parallèles de Roman Branchu* avaient fini par l'étrangler, sa plume s'était suspendue…

– Comme une mouche se fige dans une toile d'araignée.

– Il y a moins avouable…

– Ah ?

– Il m'arrive, au fil de mes rêveries d'auteur, de me retrouver dans un livre existant, que j'avais lu et plus ou moins oublié, voire même dans un récit que j'ignorais jusque là et que je découvre avec désespoir. Je tiens une belle histoire, mais un autre l'a déjà racontée. En lisant les vers d'Homère, je me suis exclamé : « Pourquoi lui ? » Le glaive d'Achille faisait écho au mien, dans la poitrine d'Hector. La même nausée a soulevé mon cœur et celui de Hamlet. Dès l'arrivée des comédiens au château d'Elseneur, m'est venue l'idée d'un piège théâtral…

– Vous êtes fou ?

– On va parler de plagiat, quand je suis innocent, comme un petit enfant. Il faudrait accuser la vie, l'Évolution, nos cerveaux, la finitude du monde. Certes, je m'émeus de rencontrer ainsi un frère ou une sœur au ciel des écrivains, mais j'enrage d'avoir été doublé, aux deux sens du verbe : imité et passé. Je devine mon nom sur la couverture, sur la *page de garde*, qui ne garde rien du tout… Je me sens volé sans pouvoir, bien sûr, ni vouloir jouer moi-même au procureur.

– Mon pauvre ami.

– Alors j'ai préféré jeter mes feuilles. Appuyer sur le bouton *delete* de mon ordinateur. Et marcher en trois dimensions pures et dures, quatre avec le temps, sur une route muette, vierge de toute inscription. Au moins on est sûr de finir par arriver quelque part.

– Mais au paradis, c'est à voir… En somme vous marchez pour ne pas écrire ?

– Comme je ne peux pas me faire confiance, j'essaie d'oublier ce bonhomme… Je remplace l'égarement de son cerveau par l'errance de mes jambes.

Julie s'amuse de ce chassé-croisé entre la première et la troisième personne. Il faut le suivre, cet hurluberlu ! Après un silence nécessaire, elle reprend affectueusement :

– Conduire est si monotone… Si vous écriviez quelque chose, là maintenant, ça aurait quelle allure ?

– Érotique, bien sûr ! Ne craignez rien. Vous me prenez de court, mais si je me laisse aller je suis plutôt débordé que sec. Visons haut. Reprenons l'interrogation de Descartes avec son malin Génie.

– Ça va être barbant.

– Mais non. Bien tournés, les plus profonds paradoxes peuvent être aussi les plus excitants.

– Allez-y, je ne vous ferai pas de cadeau.

– Est-ce que nous sommes bien dans un camion sur la route, ou bien est-ce que nous rêvons ce voyage ? Le monde existe-t-il des deux côtés de ce pare-brise, ou bien n'est-il que dans nos têtes ?

– Dans nos *deux* têtes en même temps tout de même, c'est déjà ça ?

– Objection retenue ! Est-ce que le passé a vraiment eu lieu ? Quelle différence entre une vérité démontrée et un souvenir convaincant ?

– Pas de philosophie, s'il vous plaît. Une histoire.

– D'accord, mais avec un H majuscule. Bel aveu que le même mot serve dans les deux cas.

– Au fait !

– Imaginons deux coquins, des libraires par exemple, ce sera plus direct, qui aimeraient jouer un tour aux benêts crédules, amateurs de grotesques « conspirations » mondiales, qu'ils ont repérés parmi leurs clients. Les deux démiurges s'amusent à publier des articles comblant les trous des archives par des événements inventés pour donner au fil chaotique des jours l'allure d'un solide et logique récit, plus lisse et plus convaincant que la chronique réelle.

– Par exemple ?

– Une rencontre de deux personnages qui ne se sont jamais vus, Nostradamus et le comte de Saint-Germain. Une entente entre Albert Einstein et Pie XII pour élargir à tout l'Occident la notion de peuple élu. Un complot ourdi par Martin Luther King et un sorcier Yaqui pour déconsidérer les Américains blancs…

– La mise au point d'une arme tuant spécifiquement les populations porteuses de certaines mutations génétiques…

– Joli ! si j'ose dire, mais ce n'est pas dans mon brouillon.

– C'était le cauchemar de mon prof de SVT au lycée, ou plutôt de *SMT* comme il avait lui-même rebaptisé sa discipline : *Sciences de la Mort et de la Terre…*

– Pour faire bonne mesure, mes deux héros laissent entendre qu'ils vont publier dans un avenir proche une Somme révélant *le Secret* que le monde entier attend. Mais ça finit mal. Quand ils veulent avouer leur forfait dans un éclat de rire, ils se heurtent à la déception de leurs lecteurs qui ne veulent pas renoncer à cette épiphanie à venir. Pour vous séduire, chère Julie, le conte vire alors au polar…

– J'adore !

– Les auteurs de cette magouille devenus ses critiques apparaissent soudain comme des menteurs et des saboteurs se préparant à lancer une voiture bélier contre la porte du paradis. Des tueurs les traquent. Ils paient leur humour de leur vie.

– C'est génial ! et sinistre ! le monde entier est blousé, l'université vacille. Vous l'écrirez ?

– À vrai dire, c'est déjà fait. J'ai voulu vous faire vivre l'une mes déceptions ordinaires. Je viens de vous raconter *Le Pendule de Foucault* d'Umberto Eco.

– Gredin ! vous vous êtes bien moqué de moi.

– Ça vous a plu ? Vous m'avez emboîté le pas, vous

étiez prête à filer devant...

Silence. Le demi-sommeil du moteur paraît vouloir anticiper celui de Julie. Danger ! elle cligne les yeux. Elle sent maintenant à son tour des récits venir la tenter. Doit-elle s'inquiéter de ces signes avant-coureurs de la folie ? Ce type lui a-t-il passé un virus ? De part et d'autre de la route, dans les fossés, sur les talus, des milliers d'extraterrestres minuscules s'ingénient à déchiffrer l'ADN des brins d'herbe, des insectes, peuplant cette planète incroyable. Leur dictateur, là-haut, très loin, a décrété qu'il voulait les mêmes et que les commandos ne pourraient rentrer que porteurs de ces précieuses informations. « *Maison !...* » Ils font penser à ces Japonais dont lui a parlé sa mère, qui, dans les années 1970, parcouraient les villes françaises la nuit en photographiant les modèles présentés en vitrine, pour pouvoir les copier au retour, quand le soleil serait levé. Depuis ils ont fait des progrès.

Elle regarde Gabriel. Qui est donc ce bonhomme ? Un bateleur ou un prêcheur ? un séducteur ou un missionnaire ? un tueur ? un violeur ? un malade ? Cache-t-il quelque intention non dite sous sa tignasse de neige ou n'est-il vraiment que cet errant sans identité, ce clochard inoffensif dont la tête usée abrite encore quelques neurones ? *Est-il vrai ?* On dirait que ses mots ou sa simple présence ont défait le réel comme une fragile mayonnaise.

Pourtant, aucune terreur ne menace le plaisir de Julie.

Elle est au bord d'un gouffre dans lequel elle plongerait volontiers avec délices. Lui reviennent des images d'un documentaire sur l'une des îles de l'antarctique où vivent quelques milliers de manchots ou de gorfous qui doivent, pour gagner la mer où ils pourront se nourrir eux-mêmes et emmagasiner les repas de leur progéniture, se laisser tomber de rochers escarpés. Au retour l'épreuve est plus violente encore et plus aléatoire. Incapables d'escalader la falaise, il leur faut attendre qu'une vague les soulève et les projette sur la dune. De telles conditions paraissent incompatibles avec la sauvegarde de l'espèce. Et pourtant l'éprouvant miracle perdure depuis des millénaires. Ces oiseaux nageurs ne parlent pas, ne prévoient ni leurs plongeons, ni leurs pêches, ni leurs étreintes amoureuses, ni leurs activités parentales. Il les accomplissent, ils en sont capables. Peut-on penser qu'ils *désirent* s'y soumettre ? On aimerait tant se glisser dans leur tête, sous leur duvet, pour apprécier comment se manifeste cette muette nécessité…

Julie reprend, Gabriel n'attendait que ce signal.

– Quel conteur vous faites !

– Pas moi, eux ! les auteurs, les *partisans* du langage qui guerroient dans sa forêt touffue. Les histoires que nous avons pris l'habitude d'appeler des *fictions* sont des versions plus ou moins distantes du réel, des parentes oubliées qui composent avec lui l'équivalent des anciennes photos familiales. Elles le côtoient, sourient ou tremblent à sa place. Elles en ont repris des traits, mais elles respectent sa différence, son « droit d'aînesse ». Quand les raisonnements sont des scalpels qui le démembrent, qui le découpent en tranches pour tenter de l'analyser mais n'aboutissent souvent qu'à l'assombrir, à le noyer sous les sauces de textes illisibles. Une fable peut être à la fois mystérieuse et juste : mystérieuse, parce que le lecteur ou le spectateur n'en retirera ni une image exacte du monde ni une dissertation philosophique explicative ; juste, parce que le même éprouvera à la parcourir par écrit ou à la contempler sur écran un sentiment de *reconnaissance* dans les deux sens du mot, comme s'il retrouvait une vieille amie et qu'il la remerciait de légitimer sa mémoire ou son rêve d'avenir. Il s'exclamera : « oui, c'est bien ça ! » ; ou simplement : « j'adore ! » ; voire, « c'est moi ! ». En se bouclant sur une conclusion qu'on qualifie volontiers de *morale*, les récits se couvrent d'une paroi transparente qui les fait scintiller aux yeux du lecteur possédé et les met hors de portée des griffures de l'actualité.

— Comme cette bulle dans laquelle le bébé dérive parmi les étoiles à la fin de *L'Odyssée de l'Espace*, je ne sais pas pourquoi je dis ça...

— Une parabole scellée devient intouchable, éternelle. Elle fonctionne sans témoin. Aussi particulière soit-elle, elle accède à une certaine universalité. Tous les premiers grands textes de la littérature ont été des fictions : *l'Iliade, l'Énéide,* les *sagas* nordiques, *les Mille et une Nuits, la Matière de Bretagne.* Des pièces de théâtre, d'Euripide, de Sophocle, d'Aristophane. Des romans :

d'abord encore en latin comme *le Satyricon* de Pétrone ou *L'Âne d'or* d'Apulée, bientôt en anglo-normand, en français. Certes, les signes, les graphismes, ont toujours fasciné les hommes, qui se sont attachés à y *lire* des sens. Certes aussi l'invention de l'écriture a entraîné la naissance de la chronique historique, le développement d'une mémoire et d'une conscience collectives, impersonnelles. Mais il est pour le moins bizarre d'en faire, comme les kabbalistes, la Création du monde. Le grand miracle est bien antérieur : c'est l'apparition du langage et, avec lui, des premières épopées *orales*. Nanti de cet outil qui lui permettra un jour de développer des idées, l'*homo sapiens sapiens* ne trouve d'abord rien de mieux à faire que de se raconter des histoires plus folles les unes que les autres. La Beauté, le rêve, l'émotion, la passion comme a dit Rousseau, précèdent la Raison. *Gilgamesh* combat le géant Humbaba, se fait voler l'immortalité qu'il avait trouvée sous la forme d'une plante marine. Dans le *Mahâbhârata* indien, les Pandavas affrontent les Kauravas dans une guerre sans fin sous le regard de Krishna, huitième avatar de Vishnou. Dans la *Bible* juive, Ève s'arrache au corps d'Adam, puis se fourvoie en suivant le conseil d'un Serpent doué de parole. Plus tard encore, dans la suite chrétienne, Marie conçoit en se passant de son futur mari, Jésus marche sur un lac, multiplie les poissons, change l'eau en vin, fait de ses fidèles des cannibales virtuels en leur offrant sa chair et son sang, décide de souffrir sur la Croix mais sort vivant de son tombeau…

– Mécréant ! misanthrope !

– Retirez ça ! J'aime tout le monde, les croyants comme les autres pourvu qu'ils soient eux-mêmes tolérants. Nous sommes frères et sœurs en humanité.

– Si nous connaissons encore ces histoires, c'est parce qu'elles ont fini par être écrites ?

– Dans un deuxième temps. Au départ, seuls les neurones les conçoivent, les recueillent, les conservent. Dans les écoles védiques on apprenait, on apprend peut-être toujours par cœur les *textes sacrés*, les prières, les comptines, les proverbes. Ce sont les mots de notre chair, de nos *êtres*. Notez de surcroît que le Christ était d'accord avec moi. Omniscient par définition, le Dieu vivant n'a jamais écrit un mot. Le seul passage où il trace dans la poussière quelques signes dont on ne sait rien, c'est l'épisode de « la femme adultère » dans l'Évangile de Jean. Il lui aurait été si facile de nous laisser un *petit livre d'or* résumant son enseignement. Il a préféré la séduisante ambiguïté des paraboles à la sécheresse d'un catéchisme. Tandis qu'après lui des esprits étroits parmi ses disciples ont cherché à l'inverse à discréditer les récits dont la beauté même et la variété leur paraissait menacer l'ukase d'une Vérité unique.

– Des noms !

– Par exemple saint Augustin qui dans ses *Confessions* regrette les émotions que lui a values la lecture de la mort de Didon dans *l'Énéide* de Virgile. Il voudrait désormais s'en tenir à célébrer ce qui lui apparaît comme l'essence du vrai, l'évidence la plus concrète qui soit : l'existence de Dieu. Il part de cette certitude, après quoi il n'y a donc plus rien à broder.

– Quand c'est, à l'inverse, la fiction primordiale ?

– Vous êtes plus radicale que moi. Disons une vérité ou une illusion que précisément nous ne pouvons approcher que par ces récits que dénoncent avec lui à peu près tous les penseurs chrétiens jusqu'aux derniers siècles, même les plus « rationalistes » d'entre eux, ou réputés tels, comme Descartes. Il n'a que ce *leitmotiv* en tête, le René ! la vérité de la Création et la présence du Créateur. Ces grands esprits sont noyés dans une mer de légendes, mais ils veulent les tenir pour des comptes rendus du *Monde* ou de *La Pravda*. Les Juifs échappent à ce reproche parce qu'ils refusent de définir Dieu, même de prononcer son nom. On ne peut tenter d'approcher que ce qu'il n'est pas, c'est ce qu'on appelle la « théologie négative ». Ils ont donc, en conséquence, maintenu la tradition des contes, leurs fameux *midrashim*, pour tourner autour de ce mystère. Nul doute que cette liberté de pensée a joué pour les faire condamner en Occident, dont les savants avaient pourtant sous les yeux, depuis deux mille ans, la leçon semblable du rusé Platon…

– Pourquoi « rusé » ?

– Parce que précisément ce paradoxe colore toutes ses démonstrations. Pour fonder la philosophie, il préfère à l'aridité des exposés la vivacité des dialogues entre amis, voire entre fêtards. Quelle énormité à l'origine de nos programmes scolaires ! Quand vous voudrez connaître la bourgeoisie française, nous annonce à l'avance le vénérable Grec, il vaudra mieux lire Proust que Marx. Il confie sur papier la défense de ses *Idées* éternelles à Socrate le bavard, auquel il fait même dresser à l'occasion un réquisitoire contre les méfaits de l'écriture ! Sans oublier les petits contes qu'il sème de-ci de-là dans ses propos théoriques, tel celui de « la Caverne » dans *La République*, ou l'impayable sotie des premiers hommes en forme de boules…

– J'ai dû voir ça en Terminale.

– C'est dans *Le Banquet*, une beuverie entre copains, où il fait soutenir par Aristophane que nous serions vous et moi les deux moitiés d'un être hermaphrodite sphérique, tranché par Zeus. Je vous passe l'opération de chirurgie réparatrice d'Apollon qui installe les organes génitaux en façade. Ainsi, le désir de l'autre, chez chacun de nous, ne découlerait que de notre volonté commune de reconstituer l'obèse d'origine. On trouve cette extravagance amusante ou navrante de stupidité, mais plus qu'une doctrine c'est une narration. Si vous devenez un jour sexologue…

– Je vous tiendrai au courant !

– … vous aurez du mal à soigner les gens avec ça, mais si vous montez sur scène vous pourrez les faire rire.

– J'essaierai !

– Les dialogues « avouent » qui parle, et d'où. Tandis que le style indirect des essais, des manuels, prétend subrepticement à une universalité frauduleuse.

Silence. Les kilomètres défilent. Les rêves de Julie et

de Gabriel se mêlent. Les extraterrestres s'activent. *Maison !* Ils ne sont pas d'accord. L'ADN des fourmis ne cite ni l'*Ancien Testament* ni le *Nouveau.* Les créationnistes américains n'accordent que cinq mille ans à l'univers. Mais Chateaubriand leur a fourni d'avance un argument poétique pour justifier l'existence des fossiles en écrivant, dans son *Génie du Christianisme,* que *« Dieu a créé le monde avec toutes les marques de vétusté car, sans cette vieillesse originaire, il n'y aurait eu ni pompe ni majesté dans l'ouvrage de l'Éternel, la nature eût été moins belle. »* Les écrits conservent aussi bien bêtises et mensonges que savoirs et vérités.

— Le problème fait Julie, c'est que toutes vos histoires sont vieilles. Elles viennent de loin, elles ont la force des sagesses sans âge, elles nous ont sans doute un peu façonné l'esprit…

— Beaucoup ! Je connais des scientifiques qui ne veulent pas *croire* au Big Bang qu'ils trouvent trop semblable à une Genèse religieuse. Ils soupçonnent une contamination.

— Ces légendes n'ont plus vraiment prise sur les jeunes d'aujourd'hui qui vont davantage au cinéma qu'à l'église. Ils préfèrent *La Guerre des Étoiles* au *Chemin de Croix.*

— Vous oubliez les illuminés de *Daesh.* Tant d'autres.

— Ils finiront par retrouver le sens commun…

— … quand un éclair inverse les aura éblouis sur le chemin de Damas ! Il nous faudra toujours des miracles.

— Décourageant !

Silence. *Ronronron...* Sidonie sourit, on n'est pas si mal au Purgatoire.

– Le *must*, marmonne Gabriel, c'est de combiner les deux, les vieilleries émouvantes qui nous secouent en profondeur et les derniers acquis.

– Vous n'allez pas me sortir l'une de ces fables idiotes qui annoncent le prochain retour du Christ ?

– J'ai mieux.

– Qu'est-ce que vous allez jeter bas, cette fois ? L'Histoire, c'est déjà fait, par vos deux faussaires.

– Toute notre civilisation. Ça vous va ?

– Je frémis.

– Vous pouvez. Pour faire plaisir au fameux Génie, nous ne sommes plus dans une cabine de camion, mais dans un vaisseau spatial qui revient vers la Terre après une longue mission. C'est l'aumônier de l'équipage qui raconte, et il annonce d'emblée qu'il a perdu la foi. Ils sont allés explorer un coin de l'espace où les astronomes avaient repéré les restes d'une *supernova*, de l'une de ces étoiles déchues semblable à celles que les Chinois ont pu voir brûler en plein jour pendant quelques heures en 1054 ou le Danois Tycho Brahé en 1572.

– Les veinards !

– Notre soleil lui-même connaîtra cette fin foudroyante dans quelques milliards d'années. Là, au milieu de débris informes, ils sont tombés sur une petite planète calcinée par l'embrasement titanesque de son étoile, et ils se sont posés sur cette image future de la nôtre. Un obélisque fondu dont il paraissait impossible que la forme fût naturelle les a alertés. Ils ont trouvé un tunnel descendant dans les entrailles du sol, qui les a menés à une sorte de régie de télévision en parfait état de fonctionnement. Le lieu avait donc été habité, et ainsi se trouvait déjà résolue une première énigme : il y avait ou il y avait eu dans l'univers au moins une autre vie que la nôtre, sans doute plusieurs, dont les textes sacrés du reporter en soutane ne disaient mot. Que savaient ces frères lointains de la Création biblique, d'Adam et Ève, de Jésus-Christ ? Devinant le sort qui leur était promis en apercevant les signes de faiblesse de leur soleil, les malheureux, très semblables aux hommes, avaient préparé des archives audiovisuelles à l'intention de visiteurs éventuels, pour survivre au moins dans leur regard. L'aumônier sent une deuxième fois ses certitudes vaciller en découvrant les images émouvantes d'une civilisation merveilleuse, de foules heureuses et bonnes, ignorantes du Mal, préservées de toute Chute, de tout péché, et néanmoins cruellement abandonnées par Dieu, comme les dépravés de Sodome, aux ravages d'un feu céleste. Mais son émotion et celle du lecteur culminent lorsque les calculs de ses compagnons chercheurs permettent de dater précisément l'explosion… Vous êtes prête ?

– J'attends, fait Julie en rétrogradant les vitesses de son engin pour le faire hurler d'avance de surprise ou d'horreur.

– Cette étoile folle qui a transformé en fumée des millions de petits enfants innocents était celle-là même qui, dans le ciel de Bethléem, annonçait à trois rois mages la naissance d'un bébé Sauveur…

– Aïe ! Difficile de faire mieux en effet, ou pire.

– Recette apocalyptique, mais réellement possible. Laissez-moi mettre ma toque. Dans un premier chaudron, pétrissez l'histoire du christianisme, les martyrs, les croisades, les milliers d'églises de nos villages, la cathédrale de Chartres, la *Messe en si mineur*, la *Cène* et la *Pietà*, les massacres des juifs ; réservez. Dans une autre marmite, faites revenir les piments de la science, l'évolution de l'univers, la vie et la mort des étoiles, les trous noirs, les premiers organismes… Mélangez, touillez le tout, gratinez et servez chaud ! Voici que les lois de la physique surpassent la bienveillance du Créateur.

– Laissez fermées les portes de cette histoire diabolique ! Au Moyen Âge ou même il y a seulement quelques siècles, elle aurait pu vous valoir une condamnation du même ordre que celles qui ont frappé Giordano Bruno ou Salman Rushdie. Vous auriez brûlé à votre tour !

– Mon anoblissement par la Reine m'a protégé.

– Rappelez-moi votre nom ?

– Arthur C. Clarke.

– J'ai vu le film que Stanley Kubrick a tiré de votre *2001*.

– *A Space Odyssey*. Oui, je sais, vous avez aimé le foetus dans son vaisseau transparent.

– Il y a un vieillard aussi, dans un appartement bizarrement moderne. Il vous ressemble un peu, je sais enfin d'où vous sortez ! Vous êtes toujours vivant ?

– Non. Je dors dans un cimetière de Colombo, au Sri Lanka.

– Vous vous êtes déjà réincarné.

– C'est trop d'honneur.

– Je ne suis pas certaine que vous deviez vous en féliciter… Cessez de piller vos collègues, vous allez devoir travailler. Il manque toujours quelque chose dans votre conférence.

– Dans mon récit. Dites-moi.

– Une signature qui l'authentifie. Un livre de vous, du *vous* actuel, du colporteur ou du maraudeur que j'ai pris en stop. Après toutes ces broderies marginales, il est devenu clair que l'écriture est votre vrai métier ou tout au moins votre *occupation*. En vous retrouvant sec devant une page blanche après le départ de Sidonie, vous vous êtes demandé si c'était là désormais votre projet de vie. Et vous avez voulu sortir marcher, vous aérer, en espérant que l'inspiration vous viendrait, qu'un ange ou le fantôme de Socrate vous toucherait de sa baguette. Demandez-leur donc un vrai polar, moins prétentieux.

– D'accord !… Je suis inépuisable. Je pars au quart de tour. Vous savez d'où vient cette expression ? De l'époque où on faisait démarrer les moteurs à la manivelle. Le langage est une passoire où dégoutte le passé, un *container* bourré de lourdeurs héritées. Essayons de nous alléger. Si vous le voulez bien, commençons simplement par une conversation entre quelques policiers dans un commissariat ?

– Original ! Voyons le sujet du débat.

– La tombe d'un écrivain a fait l'objet de déprédations, au Père-Lachaise ou au cimetière Montparnasse.

– Ah, tout de même pas celle d'un routier ou d'une prostituée ?

– On ne se refait pas ! mais j'y penserai. C'est intéressant, un auteur mort, ses écrits lui survivent, la question devient de savoir si la clef de l'énigme est dans son œuvre ou si précisément cette idée serait une fausse piste.

– Je me demande si je vais acheter ce chef-d'œuvre. Regardez-moi ce cinglé, il doit approcher des 200 ou même 250. Si on le retrouve enroulé autour d'un arbre, on ne s'arrêtera pas…

– Mais si.

– À cette vitesse-là, c'est peut-être un *go fast*, un trafiquant de drogue ou son « ouvreur ». Ils vont si vite que les flics ne peuvent pas les rattraper.

– C'était le Diable en somme, ou l'un de ses adjoints. Un livreur de rêves, d'*overdoses* et de morts. Il y a de tout sur les routes.

– Aïe ! du coup, j'ai failli écraser celui-ci. On voit mal leurs peaux dans la nuit.

– Vous ne prenez pas les Noirs ?

– Qu'est-ce que vous racontez ? D'accord, on l'embarque. Nous sommes au XXIe siècle, savez-vous ? Il y a des migrants.

– On va dire que c'est un Roi Mage. Ne reste plus qu'à trouver le bébé.

IV

Un vague malaise étreint l'inspecteur Dunan tandis qu'il regarde son collègue Lavis. Bien que parfaitement sympathique, ce type-là est trop informé, et trop fin, trop cultivé, pour être absolument clair. Il a toujours tout vu, tout entendu, tout médité. En lui parlant on a un peu l'impression d'être manipulé. Au minimum, l'interlocuteur ne peut qu'apprécier ses révélations, ses raisonnements et ses conclusions, ce qui installe entre eux une relation déséquilibrée de disciple à gourou. La télévision. Un magazine littéraire, le seul dans des dizaines de chaînes.

– Ils ont évoqué d'autres cas de plagiat ?

– Oui, dans la deuxième partie de l'émission.

– Ils ont parlé de Melania Trump et de Michelle Obama ? de Marine Le Pen et de François Fillon ? piégés par leurs « nègres » paresseux qui leur ont mis les mêmes phrases dans la bouche ?

– Le terme anglais est plus élégant et plus troublant : on dit *ghost writer*, « écrivain fantôme ». Non, ils sont restés dans le champ littéraire. Ils ont évidemment cité le cas ultime de ce *Ménard* imaginé par Borges, qui cherche à retrouver mot à mot le *Quichotte* de Cervantès.

– Attends, je m'y perds. Borges, l'écrivain argentin ?

– Qui d'autre ?

– Et Ménard comme le maire de Béziers, ce type d'abord fondateur de *Reporter sans frontières* avant de devenir porte-drapeau du *Front National* ?

– Oui, le malheureux n'est pour rien dans cette apparition littéraire. S'il la connaît, peut-être s'en honore-t-il ? Entre les rares astres l'univers physique n'est que vide, mais le petit monde des hommes, de leurs mots, est serré. Il y a des coïnci-*denses*, d, e, n, s, e.

– Certaines nuits, je m'appelle Philip Marlowe ou Nestor Burma, je résous les énigmes les plus embrouillées.

– Tu vois, toi aussi !

– Mais en rêve ou seul. Réveillé, en compagnie, il faudrait me chercher une clinique.

– L'autre jour, j'avais envie de respirer, je suis rentré à pied, j'étais Werner Herzog, Sylvain Tesson, je parcourais l'Europe à pied, avec quelques détours par l'Amazonie et le lac Baïkal…

– Tu m'expliqueras. L'autre récrit Don Quichotte ? avec le même *Hidalgo*, le même *Sancho Pança* et les mêmes moulins à vent ?

– À l'identique.

– Quel intérêt ?

– Celui de mesurer la difficulté d'un tel retour quand

tout a changé dans l'environnement : les paysages, la langue, les idées, les croyances... Vouloir être Cervantès quatre cents ans plus tard lui donne un âge biblique difficile à porter !

– Quoi d'autre, dans l'émission ?

– Ils ne pouvaient pas oublier l'*Ulysse* de James Joyce qui calque la promenade dans Dublin de deux personnages, Leopold Bloom et Stephen Dedalus, sur l'errance du héros grec et de son fils Télémaque en Méditerranée...

– *Ulysses* en anglais, je crois.

– Oui, j'ai longtemps cru que c'était un pluriel. Comme Joyce multiplie les styles, la simple description, le dialogue, le monologue intérieur, il était juste de considérer qu'ils étaient incarnés par plusieurs Ulysse. La découverte que cet *Ulysses* terminé par une sifflante était tout simplement le nom classique du bonhomme en anglais m'a valu une véritable déception. Aujourd'hui encore je tiens plus ou moins consciemment à ma première impression, l'auteur me le pardonne. Une fois publiés, les livres appartiennent aussi un peu à leurs lecteurs.

– Cela dit, le plagiat, si c'en est un, est distant. Homère est très lointain, c'est difficile à lire, j'ai essayé.

– Exact. J'ai aussi mon idée là-dessus, que je ne défendrais pas à tout prix contre des spécialistes mieux informés. *Il me semble* que Joyce n'a pas eu au départ l'intention de démarquer l'aède. Il s'abandonnait aux fantaisies de son propre esprit, écrivait toutes sortes de scènes arrachées à ses rêves, à ses souvenirs de Dublin. Par exemple, le chapitre XV qui fait plus de deux cents pages est à lui seul une pièce de théâtre ! L'Irlandais émigré malade de son pays, à la fois moqueur et nostalgique, inventait des mots, des figures de style qui traduisaient ses salades cérébrales. Et puis un jour le rêveur cultivé qu'il était a vu surgir des personnages inattendus, il les a reconnus, ils sortaient de *L'Odyssée*. Il s'est dit qu'il serait amusant de cultiver ce parallèle qui donnerait une justification à ses brouillons. Il tenait son œuvre à la fois personnelle et universelle, sanctifiée par un maître prestigieux. Au demeurant, quand on parcourt les résumés du roman que proposent toute sorte de sites internet, il est frappant de constater que les descriptions des premiers chapitres sont claires et logiques, mais que les dernières s'opacifient ou manquent carrément à l'appel. C'est trop, même pour des disciples !

– Plus difficile sans doute que ton *Hamlet* policier.

– On dirait même que Joyce s'est demandé sur la fin s'il n'avait pas poussé la provocation un peu loin. L'avant-dernier chapitre qui clôt à la fois la cavalcade des Dublinois et celle des Grecs se présente soudain sous la forme d'un résumé universitaire classique par questions et réponses qui paraît vouloir dissiper toutes les éventuelles perplexités du lecteur. C'est presque décevant de clarté. Et puis, comme le plumitif enragé a dû lui-même se demander s'il n'était pas du coup en train de saborder son chef-d'œuvre, il a rajouté un ultime brûlot, un monologue de Molly, la femme de Bloom, qui n'a été jusque là qu'évoquée par des tiers et fait ainsi sa seule apparition directe : un monologue de cinquante pages sans aucune ponctuation qui annonce plus ou moins le livre suivant, le fameux *Finnegans Wake*, dans lequel il s'agira cette fois d'étriper le langage lui-même, pas seulement la forme romanesque. Les derniers mots disent que Molly s'offre et s'endort : avant que les Finnegan ne s'éveillent ?... Sans garantie !

– Les écrivains sont fous, comment veux-tu qu'on s'en sorte s'il faut établir un poste de douane entre Ithaque et l'Irlande ?

– Entre *l'Olympe* et *Tara*. Ça se passe dans nos têtes, pas en géographie. Tout se passe dans nos têtes.

– Tout quoi ?

– Tout. Ce qu'on voit, ce qu'on touche, ce qu'on vit. Le monde. Si on te décapite, il n'y a plus rien.

– Bon, la télé ?

– Sur la fin, c'est devenu plus chaud. Ils ont rappelé quelques affaires récentes, comme l'affrontement entre ces deux femmes, auteurs phares de la même maison d'édition, qui se sont disputé un enfant mort. La production avait exceptionnellement organisé une possibilité d'appel pour les téléspectateurs, et ça s'est bousculé au standard. Un type a évoqué un cas particulièrement sophistiqué. L'écrivain Georges Perec a écrit un bref roman sous le titre *Le Voyage d'hiver*, dans lequel il raconte qu'un amateur, au XIXe siècle, trouve un opuscule déjà porteur du même titre, truffé de citations d'auteurs connus, Rimbaud, Verlaine, Lautréamont, Mallarmé. Le problème est que ce grimoire est antérieur aux œuvres des génies en question, lesquelles sont donc les véritables plagiaires… Ils avaient tous copié le même prédécesseur, inconnu des histoires de la littérature !

– Pas mal ! *Le Voyage d'hiver*, ça me dit quelque chose.

– C'est déjà le titre d'un *lied* de Schubert sur un poème de l'époque.

– Ah, ma femme a dû m'en parler.

– Pour Perec, qui annonce sur ce point Stephen King, il faut comprendre que les tournures langagières aussi sont dans l'air : *les horizons obscurs, les grottes profondes, les fontaines vaporeuses, les sauvages sous-bois*, appartiennent à tout le monde… C'est déjà suffisamment iconoclaste puisque les manuels scolaires apparaissent du coup comme des hommages à des voleurs. Mais l'affaire s'est compliquée récemment, au dire du téléspectateur appelant, lorsqu'un nouveau romancier, véritable pilleur ou plagiaire inconscient, a ajouté un développement à cet imbroglio. C'est dans un bouquin qui aurait de surcroît gagné un prix littéraire, ils n'ont cité ni l'auteur ni le livre ni le concours en question, sans doute par crainte d'un procès.

– Tu chercheras !

– C'est la même histoire, mais cette fois dans le champ musical.

– C'est pour ma femme !

– Un ethnologue trouve, d'abord en Afrique puis en Amérique indienne, des rouleaux de bois vieux de plusieurs siècles, creusés de sillons comme les disques vinyle, qui, frottés, produisent les mélodies de chansons modernes très connues…

– Subtil, le déplacement des textes aux mélodies ! On s'approprie l'intrigue et l'émotion sans paraître avoir rien emprunté.

– Aucun critique n'avait, semble-t-il, repéré la magouille.

– Même pas Perec ?

– Il est mort. Il y a plus ou pire. Dans une autre nouvelle de son recueil, le même auteur « invente » une histoire de réplication de personnes analogue à celle de fichiers informatiques par le logiciel *Time Machine*. On peut ressusciter totalement un individu tel qu'il était à une autre époque, avec son cerveau, sa mémoire, ses idées et ses rêves de l'instant.

– Comme Cervantès par Ménard ! Intéressant ?

– Certes, mais c'est exactement ce qu'a raconté Houellebecq quelques années plus tôt dans *La Possibilité d'une Ile,* le roman que lui a inspiré sa visite à la secte des *Raéliens.* Dans les deux livres le nom de chaque personnage est semblablement suivi de deux chiffres : par exemple *Julie22.7* veut dire « la septième réincarnation de Julie à 22 ans »…

– Houellebecq n'a pas porté plainte ?

– Pas à ma connaissance. Peut-être ne le sait-il pas, mais j'aurais plutôt tendance à penser qu'il s'en fout !

que son silence est une forme de mépris.

– Ou bien il va se réveiller après cette émission ?…

– Il semblerait d'ailleurs qu'il ait lui-même lu d'un peu trop près certains développements de *Wikipédia* sur telle ou telle évolution de la planète et qu'il en ait repris des passages, sans trop se rendre compte du danger qu'il courait. Personne ne lui en a voulu parce que ces reflets documentaires étaient des textes collectifs et n'entachaient pas l'originalité de sa trame de fiction.

– J'aime bien Houellebecq.

– Moi aussi. Ce serait amusant de faire lire *Soumission* aux collègues de l'Antiterroriste et de leur demander ce qu'ils feraient si les prochaines élections présidentielles donnaient un gentil président musulman.

– Et toi qu'est-ce que tu écris en ce moment ? Il faudra que tu me fasses lire un jour tes élucubrations !

– Une folie qui m'aère, qui me fasse sortir de nos petites vies de fonctionnaires esclaves du Droit… Je te raconterai quand j'aurais un peu avancé.

– Maintenant !

– J'ai peur d'un malentendu, il va falloir que tu me fasses confiance, car bizarrement ce n'est pas sans rapport avec ce qui s'est passé à la télévision hier soir. Mais je n'ai volé personne, j'avais commencé plus tôt !

– Tu m'excites !

– Ta mention d'une clinique tout à l'heure pourrait même nous rendre réellement fous, laisser penser que je te manipule à ton insu… Une coïncidence, ça va ; deux ou trois, bonjour les dégâts ! Seuls les romans y ont droit, gardons-en nos vies !

— Calme-toi, je t'écoute.

— Grâce à Stephen King, à Perec et à Salman Rushdie, nous savons que nous vivons dans une brume d'histoires qui se répondent.

— Pourquoi Rushdie ?

— À la vérité, chez lui ce n'est pas « dans l'air », c'est dans l'eau. Il y a au fond de l'océan une source d'où coule les récits. C'est dans un conte qu'il a offert à son fils, *Haroun et la mer des histoires*.

— Bon, ta folie à toi ?

— Tu peux t'en douter, désormais, ça se passe dans une clinique !… un établissement où un bonhomme, un certain Gilbert, prononcé *Guilberte* à l'anglaise, vient de temps en temps se reposer de ses propres excentricités ou de celles de son cerveau qu'il se représente parfois comme un autre. L'un des deux est assurément malade, mais je voudrais que son cas soit suffisamment troublant pour que son psychiatre et le lecteur se posent des questions. Martyr ou héros du plagiat, il prétend s'être fait voler un grand nombre de romans célèbres par leurs auteurs reconnus. Par Umberto Eco, par Nabokov !

— Par des morts ?

— Aussi bien. Comme si Ésope avait à l'inverse copié La Fontaine dans l'éternité des littérateurs ; Shakespeare, McEwan ; Homère, Joyce. Il n'est jamais premier mais toujours second, et la *doxa* honore ses pilleurs. Des *plagiats anticipés*, c'est une expression de Perec, vident ses œuvres de toute originalité.

– Ça ressemble tout de même à ce qu'a raconté le téléspectateur au téléphone pendant l'émission.

– Je savais qu'il fallait que je m'abstienne !

– Un autre *Voyage d'hiver*…

– Salaud ! Je n'ai volé personne, j'avais commencé plus tôt !

– Tu me feras lire ! Faut que je m'en aille. J'ai une planque à faire ce matin, sans doute pour rien, mais telle est la vie d'un misérable petit inspecteur de la *Criminelle*. Des heures et des heures dans de misérables bagnoles trop petites pour y faire une sieste. Je vais avoir du mal à ne pas fumer…

– Comme Marlowe ! C'est de plus en plus difficile de revoir les films de Bogart, il fume tout le temps ! Très mal vu aujourd'hui. Tu vises qui ?

– Une bande de vieux margoulins qui veulent recréer des clubs de jeux à Paris. Rien de passionnant. Passe-moi mon chapeau.

– Chut ! j'entends le patron qui rapplique.

La porte s'ouvre. Entrent le Commissaire et la secrétaire qui tient un plateau sur lequel fument cinq tasses, près d'une feuille de téléscripteur. L'exploitation des femmes c'est mal, se dit Paul Lavis, mais le café c'est bon.

– Vous avez vu le résultat de l'analyse du rouge ?

– Pas encore.

– Je me demande ce que vous fabriquez !

– J'attendais que Christelle me lise le fax.

– C'est bien du sang, mais du sang animal, de taureau ou de bouc, de chèvre, ils ne savent pas encore. Et il y a autre chose. Deux nouvelles tombes ont été peinturlurées. Celle d'un certain Joyce à Zürich et celle d'un *Borrresse* à Genève, c'est imprononçable.

– Borges.

– Un Irlandais et un Argentin en Suisse ! Qu'est-ce qu'il fabrique à Paris, le père Proust ?

V

Le camion s'est arrêté, la porte s'est ouverte. Un très jeune homme court pour se présenter. Pauvrement habillé, ses traits sont si foncés qu'on a effectivement du mal à percevoir sa silhouette sur fond de nuit. Apparemment, il ne parle aucune langue européenne.

– Où allez-vous ? *Where are you going ?*

– *Kalé.*

– Naturellement ! à Calais !

– *Iglande.*

– On vous souhaite du plaisir ! mais on peut vous rapprocher. *Come in !* Il descendra quand les collègues annonceront le premier barrage de CRS sur la *cibi*.

Gabriel se laisse enjamber par le nouveau venu qui s'assoit au milieu de la cabine. Il n'a pour tout bagage qu'un léger sac de sport. De son charabia, il apparaît d'abord qu'il pourrait être gambien ou nigérian, encore qu'il devrait alors mieux parler anglais. C'est peut-être du *wolof* ou un dialecte moins répandu : du *bété*, du *dioula*, du *fulfuldé*, de l'*adamawa*... Sidonie était une spectatrice assidue des chaînes documentaires. Elle soutenait que les programmes de voyages et de vies animales étaient la première richesse de la télévision, qu'ils faisaient apercevoir aux humains « enkystés dans leurs villages et leurs cultures » l'étendue du « reste ». Elle aimait ensuite tirer de ses visionnages des *quiz* improbables.

– Quelle est la créature dont la femelle dévore le mâle après le coït ? Double jouissance en somme !

– La mante religieuse, tout le monde sait ça.

– Ça dépend comment vous l'écrivez : l'amante en cornette, « l » apostrophe, dans un monastère satanique ?

– Vous êtes complètement cinglé ! ou un peu vicieux.

– Seulement amoureux du monde et des mots.

Le gamin sourit comme s'il parvenait à détecter un minimum de sens dans le ton de cet échange. Julie, qui a l'habitude de telles rencontres, assure que dans le « beurogame » qu'il répète il faut entendre *Birmingham*.

– Si on les croit, ils ont tous des cousins là-bas, ou à Manchester. À Liverpool quelquefois. À Glasgow, mais c'est plus rare, ils veulent l'Angleterre proprement dite. L'Écosse, c'est déjà sans intérêt.

– Ils ont tort, c'est sympa. *What's your name ?* votre nom ? Moi, Gabriel. Elle, Julie. Vous ?

– *Dibi*.

– Diby. Pas Libye ?

– *Yes*.

– C'est le nom d'un plat, je crois, au Sénégal.

– Je ne le sens pas Africain de l'ouest. Je parierais plutôt pour un Éthiopien ou un Kenyan. Ou même un

Indien du sud, un Kéralais, quelque chose comme ça.

– J'ai toujours rêvé d'un séjour aux Seychelles ou aux Maldives. Ça doit être fabuleux.

– Pour nous qui n'y sommes pas nés. Mais, voyez-vous, les autochtones s'enfuient !

– Avant d'être engloutis. La mer monte là-bas !

Échanges de sourires. Le jeune homme se laisse rassurer par la mélodie du dialogue. Il a le dos de la main gauche marqué d'un petit tatouage qui représente peut-être une gazelle. Ou un gnou.

Un intervalle indéfini s'est glissé entre Gabriel et Julie. Un silence bavard, un *blanc* chargé de notes à venir. La mutité de Diby les incite à poursuivre leur dialogue, mais ils se parlent désormais par-dessus un visage qui ne leur renvoie qu'une présence mystérieuse ou quelque écho d'une catastrophe lointaine. « *Un trou noir* », se dit Gabriel en s'amusant intérieurement de cette référence savante et du caractère scabreux de sa remarque. Une vie bien réelle, des yeux, des lèvres, des poumons qui fonctionnent, mais sans identité, sans passé, sans histoire. L'infirmière a oublié de nouer un bracelet d'identification autour de ce poignet gracile. Ainsi ont vécu les humains tandis qu'ils parlaient déjà mais que l'écriture, les registres, n'avaient pas encore été inventés.

L'interruption de leur échange a fait diverger les cerveaux des deux interlocuteurs. Les suites que chacun d'eux imagine à ce nouveau commencement ne coïncident pas. Gabriel voudrait revenir sur la provocation de Julie suggérant qu'ils pourraient retrouver écrasée ou en feu la voiture d'un automobiliste trop pressé. *Les Choses de la Vie,* Michel Piccoli, Romy Schneider. Camus, Huguenin, Nimier. Il n'y a presque plus de platanes sur les routes de France, ils ont payé d'un sida végétal la folie guerrière des hommes. Cruelle plaisanterie du hasard, le virus qui les a décimés était caché dans les caisses de munitions des libérateurs américains. Mais Julie prend ces rappels pour des diversions masquant une fuite. L'idée de polar proposée par Gabriel, cette histoire de tombe barbouillée, serait-ce celle d'un romancier, ne la convainc pas. Elle craint qu'il ne se moque, qu'il ne soit en train de tester cruellement sa culture.

— Si vous m'avez raconté le livre d'un autre auteur pour voir si je le connais, vous pouvez garder vos méchancetés pour vous.

— Je ne suis pas un plagiaire, j'ai des amis romanciers.

— J'ai envie d'une autre histoire.

— Vous la connaissez déjà. Un gros camion s'arrête sur une route nationale. Montent successivement deux autostoppeurs : un clochard aux cheveux blancs et un jeune roi mage…

— J'ai déjà lu.

— *Kalé. Iglande.*

— Ça va, jeune homme ? vous tenez le coup ? Ne craignez rien, nous ne sommes pas des policiers, mais plutôt des *gardes du corps.* Du vôtre, monseigneur.

Diby montre du doigt chaque papillon qui vient s'écraser sur le pare-brise. Il est difficile de juger si ce spectacle l'amuse ou l'effraie, s'il y voit une préfiguration de son propre destin. Puis il s'intéresse à des artichauts que la remorque d'un agriculteur négligent a semés sur la route, sans qu'il soit possible de savoir s'il voit dans ce gaspillage une drôlerie ou un scandale. Peut-être n'a-t-il jamais vu d'artichauts ? Julie peine à les éviter, au risque de faire déraper son camion. Gabriel voit dans ces légumes des appels, des ouvertures par où pourrait s'engouffrer de nouvelles sagas. On évoquerait le rude effort qu'a fourni pendant la journée le travailleur de la terre, la femme qui l'attend devant une table mise, les enfants qui se chamaillent ou regardent la télévision. L'emprunt qu'il a dû faire pour acheter ce dernier gros tracteur. Les prix qui s'effondrent à Rungis. Et puis ce colporteur qui vient un peu trop souvent quand le père et mari est aux champs. Peut-être *l'Angélus* de Millet, *les Glaneuses*, et, de là, *Les Gardiennes*, Nathalie Baye, Laura Smet, Johnny Hallyday. Son enterrement à la Madeleine, le discours d'Emmanuel Macron, les reproches de Jean-Luc Mélenchon, l'absence de Marine le Pen. Saint-Barth. Des *à-côté*, des artichauts en plus du bitume. Dans les poésies aussi, les métaphores. Mais Gabriel n'a guère lui-même de place dans ces évasions, sinon celle de Dieu, du Créateur. Le camion passe au large.

Pour rester aimable et présent, il doit reprendre la parole, satisfaire la curiosité de Julie sans renoncer à progresser dans ses propres méditations. Il ne savait que dire il y a quelques secondes, mais voici que soudain il en a trop sur les lèvres. Étonnant qu'une idée précieuse, presque une révélation, après laquelle il court depuis des années, puisse prendre inopinément forme dans une cabine de camion surchauffée et bruyante. On a toujours besoin d'interlocuteurs, d'une oreille attentive et d'un masque africain...

– Si j'écrivais un essai, lâche-t-il soudain, je montrerais qu'à la vérité la Culture a tout simplement puisé dans la Nature son modèle d'*évolution*.

– Comprends rien !

– On n'en a pris conscience que récemment, à l'envers en somme, parce que, bien que la Vie biologique soit première dans ce jeu de miroirs, il a d'abord fallu en débroussailler le spectacle, ce qui n'est venu qu'*après*. Jusque là, on ne vivait qu'en religion et en littérature...

– ... comme saint Augustin et Emma Bovary.

– Il a fallu qu'un parasite trouble la rengaine de la légende...

– Je craque, fait Julie, hésitant entre un sourire et un soupir.

– ... qu'un déclic se produise dans les cerveaux de deux chercheurs, l'Américain Watson et le Britannique Crick, les sorciers de la double hélice. Jusqu'aux derniers siècles – j'ai envie de dire « jusqu'à ce jour », mesurez votre chance de n'être pas née plus tôt – l'imitation des Anciens était la règle de formation des écrivains, tant sur le fond que dans la forme. Pour sa plus grande gloire, La Fontaine a repris les fables d'Ésope sans que personne n'y voie un motif de scandale. Au demeurant, ce faisant, il remettait aussi ses pas dans ceux d'un certain Isaac Nivelet qui avait déjà commis le même larcin peu de temps avant lui et même de Démétrios de Phalère en 325 avant Jésus-Christ... Sans parler des conteurs arabes et de quelques moines.

— Vous connaissez ça par cœur ?

— Les histoires de plagiats, c'est mon *hobby*, mon péché mignon si vous préférez.

— J'ai cru comprendre.

— C'est subtil et passionnant. On trouve autant de beautés que de grossièretés dans ce maelström. Virgile n'a pas démarqué Homère mais il l'a prolongé. Énée sort de *L'Iliade* pour entrer dans *L'Énéide*. Même chose en peinture. Les jeunes intégraient l'équipe d'un maître pour tenter de s'approprier son talent.

» Mais j'en viens à ma thèse, dont vous êtes la première juge : aujourd'hui nous pouvons apercevoir que, ce faisant, tous ces littérateurs et artistes reprenaient sans le savoir les procédés de la Vie elle-même. *La Culture plagiait la Nature*, dont la réplication est précisément le mécanisme fondamental.

— Trop compliqué pour moi.

— Mais non, c'est simplement nouveau et donc déconcertant. Si vous étiez née quelques années plus tard, l'École vous l'aurait enseigné.

— Je suis une veille gaga ?

– Pas seulement vous : Platon et Aristote aussi. Jésus, Descartes, Voltaire, Marx, Hitler. Je vous fais grâce des difficultés hasardeuses des *théories mimétiques* qui prospèrent dans la brume incertaine du désir. Je m'en tiens aux faits, c'est bien assez vertigineux. Écoutez plutôt, merci Sidonie pour tes revues de vulgarisation ! Pour survivre et se perpétuer, nos cellules, et tout aussi bien celles des singes, des serpents, des végétaux, ne cessent de reproduire cette fameuse molécule d'ADN qui porte le « texte » complet de leur constitution : une immense double chaîne de molécules écrite avec quatre « lettres » seulement, quatre protéines à la vérité. Ce bijou n'a qu'un millionième de millimètre de largeur mais sa longueur atteint deux mètres si on le déploie, les orfèvres sont battus !

» Un bébé définit son propre message en alternant au hasard des emprunts à sa mère et d'autres à son père. Le sien ne coïncidera pas avec ceux de ses géniteurs mais il sera du même genre, *de la même espèce*. Il aura les yeux et la sensibilité de l'une, les poils et la rudesse de l'autre…

– Attention ! je vais intervenir ! fait drôlement Julie en rétrogradant inutilement les vitesses de son engin pour briser la monotonie de son régime.

– Je vous en prie.

– Ces petits mélanges restent une histoire de famille…

– Exact.

– La réplication qui commande le processus, c'est le contraire d'un vrai changement, de la naissance, du progrès ? C'est la mort ?

– Attendez. C'est la sieste de Dieu que le Diable ne va pas tarder à réveiller…

Julie se met à crier comme une guenon, gonflant son menton de sa langue, se grattant les aisselles, obligeant Gabriel à se pencher en écrasant Diby.

– Ne lâchez pas votre volant !

– Comment passe-t-on du singe à l'homme, de Lucy à Einstein ?

– C'est le plus intéressant, et sans doute cette fois le plus scandaleux. Ces incessantes copies produiront des milliards d'organes identiques, donc réussis, mais d'autres ratés *par erreur* sous l'effet d'un parasite de passage : des monstres vite éliminés, mais quelquefois de belles surprises comme une idée imprévue, comme l'apparition d'un Rimbaud dans une foule de godillots. Pour que les choses et les êtres évoluent, pour qu'il y ait création, il faut que le mécanisme se détraque. Le mieux est le fruit du mal. Les nouveautés se maintiennent *si elles se trouvent* être plus durables que les précédentes, c'est tout. Aucune décision, aucune prédestination dans ces émergences.

» L'apparition des algues, de l'atmosphère terrestre, des plantes, des animaux, des singes, de l'homme, de Bouddha et de Platon, du Christ et de Mahomet, de l'*Iliade* et de la *Divine Comédie*, du *Taj Mahal* et de la *Joconde*, sont des effets de fautes de copie. Imprévisibles. Bien venues, mais par hasard.

– J'aurais dû passer en bio plutôt qu'en lettres ! Tout

de même, avec une telle loterie, comment produirez-vous un œil par exemple ?

– Ah ! C'est en effet une objection de littéraire, c'est celle de Voltaire qui voulait absolument qu'un *Grand Architecte* eût conçu ce chef-d'œuvre ! Un grand esprit pourtant, mais de son temps, incapable comme tous ses contemporains et ses prédécesseurs de mesurer la gifle que va leur asséner un petit siècle plus tard un jeune Anglais rêvassant sur le pont d'un voilier, un collectionneur de doryphores et de scarabées... Avant Darwin, tous les philosophes s'en tiennent à la facilité d'une « Volonté » initiale, avec un grand V : même des rationalistes réputés comme Descartes dont toute la finesse s'épuise à démontrer l'existence d'un Créateur. Il m'arrive de penser que la Culture, le règne de l'intelligence, n'ont véritablement commencé qu'en 1850... Mais non, j'ai tort. Mille cinq cents ans plus tôt, Lucrèce avait déjà renoncé aux fadaises que ressusciterait, c'est le cas de le dire, le Moyen Âge chrétien.

– À quoi pensez-vous ?

– Entre autres, à la résurrection des corps ! Les chrétiens qui s'en tiennent au message d'amour du Christ oublient volontiers la dimension fantastique, ahurissante, de leur credo.

– Si je me souviens de mes cours de littérature, Lucrèce reprenait lui-même la leçon d'Épicure, plus ancien encore de trois siècles ? en y ajoutant l'élégance d'une forme poétique ?

– Quelle extraordinaire perle que ce *De natura rerum*, « De la nature des choses » ! un manifeste d'athéisme cent ans avant le Christ, en latin et en vers !

» Cela dit, votre choix de l'œil est judicieux, j'ai été opéré de la cataracte il y a quelques années, on m'a remplacé un cristallin vieillissant, celui que m'avait légué mes parents et toute l'humanité avant eux, par un *implant* artificiel. Et j'ai pu mesurer *in vivo*, dans mon propre corps, la sophistication de ces deux merveilles, l'ancienne et la nouvelle …

– C'est un mot curieux que celui de « *cataracte* », il appelle davantage un déluge qu'une opération délicate.

– Le lien entre les deux sens, c'est l'idée de chute : d'eau ou d'un volet, d'une herse. C'est là un héritage des premiers balbutiements. Plusieurs écrivains de l'Antiquité et plus près de nous Diderot dans sa *Lettre sur les Aveugles* ont signalé des essais auxquels auraient déjà procédé des apprentis sorciers, plus barbiers que chirurgiens… On repoussait dans l'œil le cristallin devenu opaque, on parlait de son « abaissement ».

» Alors qu'on m'installait sur la table le médecin m'a demandé : « Je vous enlève la myopie, ou vous préférez lire sans lunettes ? » Incroyable ? Ces modernes démiurges peuvent adapter le nouvel organe au désir du client !

– Lettré comme vous l'êtes, vous avez choisi la lecture ?

– Justement non. J'aime bien porter des bésicles quand je lis, elles réduisent l'environnement à une sorte de cocon flou dans lequel je m'isole. Mais en dehors de ces moments délicieux je préfère déchiffrer le monde sans intermédiaire, redécouvrir en toute netteté les horizons de mon enfance. Adieu la myopie, comme une parenthèse inutile.

– C'est douloureux, cette opération ?

– Totalement indolore. Difficile à croire, et plus encore quand on connaît le protocole. Les exploits de Sinbad ou de Lancelot ne sont rien à côté des merveilles qui ont cours dans les blocs aujourd'hui. L'incision pratiquée dans la cornée ne fait que deux ou trois millimètres. Cette ouverture est suffisante pour laisser passer un petit canon à ultrasons qui réduit le vieux cristallin en bouillie, et ensuite pour évacuer ce déchet.

– Mais la nouvelle lentille ? ce fameux implant ?

– Il est roulé comme une minuscule cigarette qu'il est donc possible d'introduire dans l'œil évidé, où il se déploie tout seul. Quelques heures plus tard, le patient recouvre une vue claire qu'il avait perdue ou qu'il n'avait jamais connue.

– Il faut recoudre ? puis enlever les fils ?

– Rien de cela ! La griffure dans la cornée cicatrise toute seule. Vous comprenez pourquoi la nostalgie n'est pas ma tasse de thé.

– Vous êtes un éternel jeune homme…

– Je vise cent soixante ans, le double de mon âge actuel, avec des hanches, des genoux, des yeux libérés du vieillissement. Bientôt sans doute de petits haut-parleurs dans les oreilles. Si je devais partir avant, je serai déçu.

Selon les magazines de psychologie, il existe des gens qui commencent à avoir peur de la mort dès l'école maternelle, ou tout au moins à peine adolescents. Moi, c'est l'inverse, j'ai toujours senti ma vie devant moi.

– Vous voulez dire la nuit, au bout de la route…

L'agriculteur aux artichauts est rentré chez lui. Sa femme est là, amoureuse et douce. Elle a préparé une soupe copieuse dont elle a équilibré la simplicité par un dessert sophistiqué, très fin. La recette figurait sur le site internet du Ritz, le grand hôtel parisien, si élégant, celui-là même ou un grossier millionnaire a cru, en s'exhibant devant quelques femmes, les posséder toutes. Sans se douter qu'en sortant de la salle de bains, le sexe dressé, il ouvrait une nouvelle ère dont il resterait à jamais l'affreux portier.

L'agricultrice. Il lui arrive à elle aussi de rêver d'une autre vie, d'envisager de reprendre des études de chimie, mais à l'instant son corps tremble déjà en imaginant l'étreinte qui l'unira tout à l'heure à son homme. Elle ouvrira les jambes, il sentira la terre, le foin, peut-être même un peu la litière des vaches. Est-ce que cette émotion est toujours admissible alors que les temps changent, que les *genres* cessent de s'opposer ? Mais oui bien sûr. Rien de plus beau que la fusion des différences. Plus et moins, positif et négatif, bosse et creux, rouge et vert… boum ! chaleur, jouissance, explosion, orgasme, apaisement, caresses. Amour.

Leur petit garçon complète le tableau, attablé devant

son cahier de devoirs auquel il a fait place en repoussant un pain, une carafe et des revues de vulgarisation scientifique. Son regard passe de l'un à l'autre de ses deux parents. Et le père y détecte l'ombre d'une inquiétude : est-ce que le môme sait quelque chose ? Tout à l'heure le beau-père entrera, il ôtera son képi de gendarme, fera mine de refuser un verre de vin avant de l'accepter. Il prendra son petit fils sur ses genoux. Il faudra se demander si lui aussi est venu poussé par un pressentiment, en redoutant une faille dans cette famille trop heureuse. L'uniforme transforme un ancien charron en détective soupçonneux. Qu'on ne touche pas à sa fille !

– Julie, s'il vous plaît ! Si vous fermez les yeux, cette conversation pourrait mal finir !

– Je vérifie leur fonctionnement, je les ferme, je les ouvre, je dialogue avec eux. Je leur explique qu'ils ne sont que des déchets du hasard…

– Des bijoux ! Le paradoxe de cette émergence nous arrête parce que nous peinons à nous représenter les grands nombres. Des milliards d'humains font l'amour chaque nuit ; des milliards de milliards de bestioles et de plantes ; pendant des milliards d'années. De cette formidable loterie comme vous dites, pourront sortir des descendants standards ou de surprenantes *chimères*. Qui se maintiendront si « elles valent le coup », sinon la peine. Le hasard est partout, à tous les niveaux, pas seulement sur la paillasse des évolutionnistes. Pensez par exemple à l'improbable rencontre entre vos futurs papa et maman...

– Au sortir d'un bal de noces !

– ... à la foire d'empoigne entre les ovules de l'une et les millions de spermatozoïdes de l'autre dont un seul sera élu.

– Tout cela, d'autres auteurs le disent ou l'ont dit ?

– La nuance que j'y apporte est d'ordre esthétique. Je trouve que la beauté de cette fable scandaleuse – celle d'un monde magnifique jamais imaginé, sorti d'une suite d'erreurs – vaut bien celle de la Genèse biblique. C'est un peu la même chose que l'écriture d'un roman...

– Enfin ! voici l'aveu...

– Les gribouillis progressent, mais on ne connaît pas le terme.

– C'est pourquoi vous avez choisi de marcher. Sans savoir vers quel terme ou quel *rien*.

– Voilà.

– *Pour voir*.

– Voilà voilà.

Silence. Le gros chat mécanique ronronne toujours. Il reste du bitume dans son écuelle. Soudain, le parasite d'un petite côte. Vroum ! Crrr ! Pschhh ! Puis, une échancrure dans la haie des platanes, une carte postale des sauveurs de la Liberté. Une magnifique berline qui glisse élégamment mais va peut-être devenir un amas de tôles fumantes. Julie ne veut pas céder à sa fatigue, elle redoute quelque entourloupe maligne dans la parole trop facile de Gabriel. Elle reprend en se renfrognant :

– Qu'est-ce que c'est que cette sieste du Diable dont vous avez parlé tout à l'heure ?

– Celle de Dieu, à la vérité ! L'existence du mal posait et pose toujours un problème aux théologiens. Sans même rappeler les guerres ou la *Shoah*, le Serpent et Satan sont déjà à l'œuvre dans l'Éden biblique et dans la vie de Jésus. La solution a consisté à prêter au Créateur immensément bon et omnipotent non pas un manque mais au contraire un excès de charité le menant à se retirer du monde pour laisser l'Homme libre.

– Mouais…

– Comme souvent il faut aller chez les Juifs pour trouver un zeste d'humour dans cette tragédie. Certains kabbalistes ont alors proposé une sieste de Dieu qu'ils ont baptisée d'un nom rigolo : le *tsimtsoum*.

– *Simsoum*, reprend Diby en souriant.

– Il connaît !

– Ce doit être autre chose chez lui : un régime de bananes ou un truc de sorcier.

– Raciste !

Silence.

– Julie, ouvrez les yeux !

– Ne craignez rien, vous m'empêchez de dormir. Vous me dictez mes rêves. Vous m'emberlificotez avec vos beaux discours et je me vais me retrouver seule dans ma couchette cette nuit en regrettant vos silences ! Il manque toujours un paragraphe. Même si on admet votre salade de copies et de fautes, reste à comprendre comment cette martingale a commencé ?

– Juste. On ne sait rien des débuts de l'univers. On peut même dire que, maintenant que nous nous faisons une idée du mécanisme de l'Évolution, le mystère de son déclenchement s'épaissit.

– C'est pourtant simple : « *Que la lumière soit !* »

– Quelques physiciens refusent l'hypothèse du Big Bang qu'ils trouvent trop religieuse.

– Vous l'avez déjà dit. Que proposent-ils d'autre ?

– Aux dernières nouvelles, ils ont inventé le chef d'œuvre d'une « fluctuation du vide ». Je m'y reconnais bien. J'avance la tête vide, je marche, ça fluctue. Et un camion s'arrête, tout commence…

– Bonne chance ! Je ne peux pas m'empêcher de penser que c'est complètement faux de faire du hasard le maître de la vie. Il est plus évident d'y voir le mauvais génie qui accentue la courbure d'un virage ou glisse une flaque d'huile sous les pneus…

– C'est vrai, j'aurais dû tout à l'heure lui accorder aussi ce talent.

– Je préfère un Dieu prévoyant, architecte, et un Satan garnement, spécialiste en vilenies imprévues…

– *Prince de ce monde*, dites-le ! Une fois nés et vivants, nous frôlons la mort plusieurs fois par jour sans toujours nous en apercevoir, et sans y pouvoir mais. Malgré vos dénégations, votre fatigue va peut-être finir par l'emporter sur votre volonté, la machinerie de votre corps sur celle de votre esprit. Vous allez vous endormir au volant. Ou bien un dingue d'en face va vous heurter de plein fouet. S'il dévie au dernier moment vous n'y pourrez rien.

– Charmant.

– Quelquefois on prend conscience avec retard d'un danger auquel on a échappé à son insu, et c'est alors très troublant de se dire que si le sort nous avait été défavorable ce jour-là, rien de ce que nous avons vécu depuis n'aurait existé. Nous n'aurions pas rencontré *l'autre* de notre vie, femme ou mari, nos enfants ne seraient pas nés, ces destinées-là auraient été elles-mêmes différentes ou n'auraient pas été du tout. Et même s'il s'agit d'un événement sans importance que nous n'avons pas vu, il est bouleversant de découvrir a posteriori que nous sommes aveugles, presque étrangers au monde. La pire de mes angoisses est de mourir *à mon insu*, sans préavis, la tête éclatée par la balle d'un sniper inaperçu.

– Vous ne pourriez même pas regretter un tel destin.

– J'ai eu droit à une leçon de ce genre il y a peu… Je peux vous parler de moi ?

– Vous ne faites que ça, mais continuez ! Une leçon ?

– J'ai passé une partie de mon service militaire en Algérie où j'ai eu la chance d'arriver en avril 1962, juste après la signature des accords d'Évian, c'est à dire en principe aux premiers jours de la paix. J'avais été affecté à Sétif où le FLN, *Front de Libération Nationale*, et sa branche militaire, l'ALN, *A* pour *Armée*, régnaient sans partage. L'un de ses premiers leaders, Ferhat Abbas, y tenait même une pharmacie. Comme le conflit était officiellement terminé, c'était le grand calme. Je croyais les troubles résiduels limités aux attentats de l'OAS à Alger et à Oran, à l'autre bout du pays.

– L'OAS ?

– Que vous êtes jeune ! L'*Organisation de l'Armée Secrète,* un regroupement de Français opposés à l'indépendance du pays qui s'en prenaient donc aveuglément aux autochtones musulmans, des leaders d'opinions mais aussi bien de petits marchands de légumes dans les rues. Je devinais que les malheureux *harkis*, des Algériens compromis avec l'armée française, avaient tout à craindre de leurs compatriotes. Mais on disait que la France ferait son devoir en les accueillant.

– Et alors ?

– Pour moi rien d'autre. Une série de rencontres et d'expériences dignes d'un film d'aventures, sinon tout à fait d'un séjour de vacances. Des anecdotes à raconter au fil des cinquante années qui suivraient. La veille du 5 juillet, fête et début officiels de l'Indépendance, mon capitaine me demande de prendre un avion militaire à Constantine le lendemain matin pour aller récupérer à Marseille quelques nouvelles recrues. Trop de soldats ont été libérés, notre compagnie est devenue squelettique, il faut la renflouer quand ce ne serait que pour quelques mois. Il me conseille de partir à l'aube pour parcourir sans encombre les cent vingt kilomètres qui nous séparent de la base aérienne de Telergma. « Ne prenez pas d'arme, on ne sait jamais ce qui peut se passer un tel jour. » Je m'en vais seul, en jeep, avec un « deuxième classe » de mon âge qui ramènera le véhicule. Or, à mi-chemin, voici que l'horizon se met à onduler. Nous approchons du gros village de *Saint-Arnaud* dont le nom a certainement changé depuis. Visiblement, les festivités – ou les troubles ? – ont commencé. J'aperçois une foule immense de paysans en gandourah et turban blancs, qui brandissent en hurlant – en chantant ? – des armes, des fourches, des bâtons. À l'entrée de l'agglomération un barrage de fils de fer barbelés tenu par une section de l'ALN ferme la route. C'est la première fois que nous voyons en uniforme des soldats de cette armée jusque là ennemie et cachée. Mon cœur et celui de mon chauffeur battent fort, il est six heures du matin, nous sommes seuls face à d'éventuels adversaires armés jusqu'aux dents. Mais un sous-lieutenant souriant me salue et s'enquiert de notre destination. Il fait ouvrir l'obstacle, monte sur une mobylette et nous incite à le suivre sur un chemin de détour qui évitera le cœur du village et les manifestants enivrés de joie patriotique : c'est tout au moins ce que je me dis dans l'instant. Grâce à lui nous regagnons sans encombre la grand-route. Dans les années et les décennies suivantes je raconterai plusieurs fois cette anecdote pour mettre en lumière la parfaite organisation des nationalistes algériens à l'heure de leur envol…

– Eh bien ? rien de dangereux ?

– La semaine dernière, la chaîne de télévision *Histoire* programme une émission sur « les enlèvements d'Européens en Algérie et le silence de l'État français ». Et j'apprends avec un retard de cinquante ans et l'effroi que vous imaginez que plusieurs milliers d'Européens ont été kidnappés et massacrés du printemps à l'été 1962, c'est à dire exactement pendant mon séjour. Notamment le 5 juillet, tandis que je chantonne sur la route de Constantine, au *Petit-Lac* d'Oran une foule déchaînée égorge, fusille, brûle de 300 à 3000 *Pieds-Noirs*. Sur ordre du gouvernement et, semble-t-il, de l'Élysée, l'armée française ne bouge pas, et la presse aux ordres se tait. Il ne faut pas remettre en cause les accords d'Évian, risquer de relancer la guerre… Je n'entendrai parler de cette horreur ni à l'époque ni pendant ma vie ultérieure.

– Cette prudence de l'État peut se comprendre… aussi affreuse soit-elle pour les victimes.

– Aujourd'hui, je ne parle que de moi. En recueillant cette information je me suis revu à vingt-deux ans, fragile, assis dans cette jeep avec mon compagnon, et je me suis souvenu de la foule en délire au sein de laquelle nous nous serions enfoncés sans l'intervention de ce sauveur à la mobylette. Les Français avaient eux aussi à se faire pardonner dans ce pays de Sétif une terrible répression en 1945, seulement dix-sept ans plus tôt, après un premier enlèvement d'une centaine d'Européens : on avait parlé de plusieurs dizaines de milliers de morts autochtones. Les deux armées ne s'opposaient plus, mais je crois bien que sans la présence de ces militaires algériens à peine sortis de la clandestinité notre uniforme ne nous aurait pas protégés, et nous aurions été à notre tour étripés comme les malheureux Oranais. Au demeurant, dans le documentaire révélateur, un ancien appelé français racontait comment il avait été « pris » ce jour-là – alors qu'il était sorti de son cantonnement pour acheter des cigarettes – puis enfermé et réduit en esclavage pendant trois ans dans une galerie de mine… Bref, devant l'écran de ma télévision j'ai vu s'annuler ma vie adulte. Je n'aurais pas connu tous les bonheurs de mes accomplissements, de mes voyages, de mes amitiés, de mes œuvres. Je n'aurais pas rencontré Sidonie, elle n'aurait pas su mon visage, nous n'aurions pas eu d'enfants… si j'en ai.

Silence. Gabriel voudrait ajouter quelque chose, mais il en cherche encore la formulation. Il marmonne avant d'oser :

– C'est un peut ridicule, hors de propos, mais j'ai un codicille *littéraire* à rajouter à mes propres noirceurs.

– Monsieur n'est jamais à court d'élégances !

– Vous n'avez pas été sans remarquer que les humains adorent les histoires, qu'ils s'étourdissent de contes et de légendes, qu'ils écrivent et lisent des romans…

– Je le sais encore mieux depuis que vous me l'avez dit et répété : *Gilgamesh, L'Iliade, Les Mille et Une Nuits, La Genèse biblique*… Ne recommencez pas.

– Eh bien, je me demande s'il ne faut pas lire dans cette curiosité une volonté d'échapper à la mort. Dans la vie, la Faucheuse patiente, elle est sûre de sa victoire. Tandis que dans un récit, dans un livre, au-delà de la dernière page, *ça continue*, comme les matins de Schéhérazade. L'auteur, les lecteurs, et même les personnages survivent.

Silence.

– Je crois que notre ami s'est endormi, fait Gabriel en passant la main sur la joue de Diby. J'y pense soudain, vous avez peut-être d'autres migrants dans votre camion ? là, derrière ?

– Comme vous dans votre maison ? dans votre vie d'*avant* ? La vérité est que nous allons finir par tomber en panne sèche, je croyais que la station où je pense m'arrêter était plus proche. Ce serait la honte pour une professionnelle du volant. Ils font motel aussi, vous pourrez prendre une chambre avec lui. Moi, j'ai ma couchette au-dessus de la cabine. Ça nous fera du bien de nous reposer un peu.

VI

Paul Lavis avance lentement dans l'allée centrale du *Jardin des Rois* comme pour retenir l'émotion qui, devine-t-il, sera la sienne lorsqu'il apercevra le monument qu'il est venu y découvrir : la tombe de Jorge Luis Borges. Le cimetière genevois doit sa beauté et son étrangeté au hiatus entre sa célébrité et sa petite taille : à peine trois hectares sous les fenêtres d'immeubles bourgeois qu'on imagine habités par des personnalités polyglottes et voyageuses. *La Plaine de Plainpalais* où il se trouve est née au Moyen Âge de l'assèchement d'un marais au confluent de l'*Arve* et du *Rhône*. Aujourd'hui, c'est à la fois un quartier de villégiature et un lieu de loisirs. Pour être inhumé dans l'espace sacré, il faut « avoir joué un rôle important dans la cité » et suscité en conséquence un vote favorable des notables de la ville. Les lauréats sont rares : les seuls noms connus du visiteur venu de Paris sont ceux du protestant Jean Calvin ; de Sophie Dostoïevski, fille de l'écrivain ; de François Simon, comédien, fils de Michel ; et de l'écrivain argentin. Quelques rares tombes disséminées entre des arbres sur une pelouse scrupuleusement entretenue. Pourquoi Borges ? Parce que les pérégrinations de sa famille – père avocat et professeur, mère traductrice – lui avaient valu de séjourner en Suisse où il s'était trouvé « mystérieusement heureux » pendant les années les plus marquantes de son adolescence, celles de la Première guerre mondiale, et qu'il s'était juré de « toujours revenir à Genève, peut-être même après la mort de son corps ». De fait, il s'y réinstalle en 1986 peu de mois avant son départ de ce monde. À l'entrée de l'enclos sacré quelque inconscient collectif a préparé son arrivée en affichant une citation de *L'Apocalypse* de Jean qui lui paraît spécialement destinée : *« Heureux ceux qui meurent au Seigneur, ils se reposent de leurs travaux et leurs œuvres les suivent »*. Il n'est pas jusqu'à ce choquant « mourir au Seigneur » plutôt que « dans le Seigneur » ou « près du Seigneur » qui ne doive valoir un secret amusement au facétieux auteur de *Fictions*. Sans doute aimerait-il constater aussi *de visu* qu'aujourd'hui des jeune gens turbulents, des ménagères et quelques clochards proprets, Suisse oblige, aiment à s'installer sur les bancs du cimetière pour y consommer leur lunch. Tous ne savent pas sans doute ce que viennent chercher en ce lieu nombre de touristes étrangers, certains venus de loin.

La veille, sans autre raison que l'espérance trouble d'une nouvelle surprise, l'Inspecteur est retourné au *Père-Lachaise* à Paris rendre visite à Proust, sous le rectangle de marbre noir qui évoque si peu les chevelures bouclées de ses phrases. La tombe avait été nettoyée. Sous un bouquet de lys blancs ne restait plus une trace du *sang animal* dont elle avait été enduite les jours précédents. Une histoire si folle qu'elle donne immédiatement envie de l'oublier. Puis l'inspecteur s'est laissé saluer et accompagner par les *génies* montant, comme les fumerolles des contes arabes, des noms connus accrochant son regard : Balzac, donc aussi Goriot, Rastignac, Vautrin, une Fille aux yeux d'or ; Wilhelm Apollinaris de Kostrowitsky et son *alias* Apollinaire ; Allan Kardec, le plus visité de tous, entouré de ses fantômes ; le magicien Méliès revenu de la lune ; Bashung et sa très rousseauiste « Dame de Haute-Savoie » ; Jim Morrison, « à cheval sur l'orage »… et cætera. Ce réseau d'êtres réels et virtuels paraissait dessiner un pan de la formidable toile d'araignée de la vie et de l'exception humaine. Trop difficile pour un flic, fût-il amateur de littérature.

Puis il a convaincu le Commissaire de le laisser faire un tour en Suisse. La tombe de Borges est si énigmatique qu'elle suscite le sourire. Le spectre dont les cendres nourrissent la bordure de buis a dû s'égayer autant que s'émouvoir en préparant le dessin de la stèle. Il n'y a plus trace de sang, la Suisse entretient ses monuments. Sous un relief figurant des guerriers armés de lances, la face avant porte une petite croix celtique, les dates de naissance et de mort du défunt, et une inscription dans une langue que de savants disciples ont identifiée comme du « vieil anglais ». C'est une citation d'un poème moyenâgeux, *The Battle of Maldon*, lequel conte un affrontement en 991 entre des agresseurs scandinaves et des défenseurs britanniques. Comme la marée est haute, le Viking demande à l'Anglais d'attendre que la plage se dégage pour que le combat soit loyal, ce que ce dernier accepte. Et Byrtnoth de placer ses jeunes locaux en leur recommandant de tenir fermement leurs boucliers, avant de conclure par ces derniers mots repris par Borges à l'orée de son dernier voyage : *and ne forhtedon na*, « et n'ayez pas peur. »

À l'arrière de la tombe figurent un drakkar et une autre inscription, plus mystérieuse encore, qui reprend un passage de la *Volsunga Saga*, cette fois en langue norroise – *Hann tekr swerthtt Gram ok leggri methal their abert* – rappelant comment le héros *Sigurd*, qui a pris l'allure du mari de *Brynhild,* pose entre eux la ligne de métal de l'épée *Gram*. À quoi s'ajoutent quelques mots d'espagnol : « *De Ulrica a Javier Otarola* ». Cette fois l'explication est à chercher dans une nouvelle de Borges, *Ulrikka,* qui conte la rencontre en ce siècle à York, ancienne cité viking, d'une jeune femme norvégienne et d'un homme d'âge mur. Le couple commence par se promener et reporte à plus tard une étreinte physique. Or l'écrivain et sa dernière épouse Maria Kodama aimaient à se donner secrètement les noms de ces deux amants, Ulrikka et Javier…

L'inspecteur Lavis doit à internet d'avoir pu démêler cet imbroglio. Quand à l'attachement de l'Argentin à la culture et à l'histoire de l'Europe du Nord, on pourrait n'y voir qu'un de ces goûts et une de ces couleurs dont la sagesse populaire conseille de ne pas discuter. Il a effectivement écrit et publié un *Essai sur les littératures médiévales germaniques* et glissé de-ci de-là quelques clins d'œil secrets pour initiés. Par exemple, dans le seul vrai polar qu'il s'est risqué à composer, *La Mort et la Boussole*, le cantonnement de l'action dans la ville et la banlieue de Buenos-aires ne l'empêche pas de nommer le détective enquêteur *Elias Lönnrot*, patronyme visiblement repris de celui d'*Eric Lönnrot,* premier ethnologue européen à avoir recueilli des chants populaires, en l'occurrence ceux de la Finlande, et à les avoir publiés dans le recueil du *Kalevala.*

On dirait, se dit Lavis, assis sur un banc suisse en face de la sépulture cosmopolite, que l'auteur a voulu sauver de l'oubli et saluer des littératures qui ont sans doute contribué autant que d'autres à la formation de la présente humanité avant d'être écrasées par les mastodontes grec et latin. Qui sait encore, lui glisse son *iPhone*, que la Bible a été traduite dans la langue des Goths par un certain Wulfila avant de l'être en latin par saint Jérôme ?

Oubli est un mot français dont il n'est pas facile de trouver l'étymologie. Le Petit Robert dit seulement « de *ubli*, 1080 ». Le Dictionnaire Godefroy « de l'ancienne langue française et de tous ses dialectes du IXe au XVe siècle » rattache le mot à *l'oublie* qui serait, ou un pain azyme, une hostie non consacrée, ou une petite gaufre en forme de cornet. Voilà bien de quoi décourager le chercheur ! Il y a aussi de l'eau là-dessous. *Oblivio* est le nom romain du *Léthé* grec, le fleuve auquel il fallait s'abreuver pour se libérer de ses vilenies antérieures avant d'être autorisé à sortir des enfers. Sur un modèle voisin les Juifs récitent, le jour de *Kippour* – « le Grand Pardon » – la prière de *Kol Nidre* qui vise, soutiennent les antisémites, à effacer leurs engagements antérieurs. L'anglais *forget* paraît bien suggérer une sorte d'anéantissement, de perte dans le lointain. Si l'ancien enfant Lavis ravive un écho des exclamations de sa grand-mère bretonnante cherchant à retrouver un objet égaré, il entend *disoñj*, quelque chose comme « non-songe », ce qui ne lui va pas du tout quand, précisément, il voudrait que ses rêves l'aident à résoudre l'énigme à laquelle il se heurte. Ou bien elle utilisait *ankoun* dans lequel s'entend plutôt une forme de méconnaissance, de « méconscience ». Le mot est très proche du nom de l'*Ankou*, le grand valet de la Mort, meneur des trépassés vers l'enfer froid des Celtes. Brrr ! Adéquat, pourtant, dans un cimetière, serait-ce dans la foulée des Vikings…

Ce « non-songe » ramène… au rêveur, à l'enquêteur, le « non-vouloir » des adeptes du *Tao* chinois qu'un conférencier lui a récemment fait découvrir. *La Voie* est de trouver le flux du monde, de s'adapter à lui, de se laisser emporter, plutôt que de vouloir bêtement s'imposer. Pas de plus sûre machine à perdre que la lutte pour la victoire… Bien des hommes politiques en ont fait la cruelle expérience. Dans l'un des contes du *Zhuangzi* Confucius étonne l'un de ses disciples qui ne sait plus que faire de sa vie en lui recommandant de jeûner. « Hélas, fait le malheureux, ma famille est si pauvre que nous ne consommons déjà plus ni viande ni vin. – Je pensais, rectifie le sage, au jeûne de la volonté. »

Penché sur ses genoux, l'Inspecteur est tenté de se faire Chinois. Ne pas chercher la solution. Laisser venir. Plus facile à recommander qu'à pratiquer… Il se sent vide. Cette histoire de tombe enduite de sang le désespère absolument. Il n'a aucune idée.

Une jeune fille est venue s'asseoir près de lui. « Une jolie jeune fille » se dit-il en s'amusant du fait que ce seul commentaire pourrait lui valoir, dans l'ambiance journalistique hystérique du moment, une accusation d'agression sexuelle… Merci MM. Polanski, Strauss-Kahn, Weinstein ! Woody Allen ? C'est elle qui prend la parole. Pourvu qu'elle ne s'appelle pas Ulrica, l'affaire deviendrait inquiétante et trop compliquée !

– Magnifique, non ?

– Vous l'avez dit ! Étonnant, tout au moins.

– Comment interprétez-vous ce disque ?

– Je ne vois qu'un bateau, des soldats et une croix.

– Le grand disque de pierre, là, derrière ! Penchez-vous à droite, vous le verrez mieux.

– Je crois que nous ne regardons pas les mêmes tombes.

– Je parle de celle de Grisélidis Réal, « écrivain, peintre, prostituée », comme le dit la petite plaque de marbre.

– Moi de celle de Jorge Borges, ci-devant écrivain.

– Les bourgeois genevois ont bataillé ferme pour lui refuser l'accès à ce jardin, mais ils ont perdu. C'était une fille extraordinaire, savez-vous ?

– Justement non, je ne sais pas.

– Une fée ! la muse, la déesse des prostituées. Elle s'est battue toute sa vie pour les faire accepter comme des membres à part entière de l'espèce humaine… Vous êtes d'accord ?

– Sans doute. Je crois que Borges aurait adoré l'idée d'être placé pour l'éternité tout à la fois sous le regard d'anciens poètes et près d'une héroïne des bas-fonds. Il a mêlé dans ses recueils des fantaisies intellectuelles très sophistiquées et des récits de combats au couteau entre gauchos illettrés. Il lui fallait les deux dimensions pour dire le monde et son propre héritage.

– Grisélidis était très cultivée, elle a écrit plusieurs livres sans renoncer à sa condition de *putain*.

– Tandis que, il est vrai, mon gratte-papier à moi n'a tué personne. Je vous remercie, mademoiselle, et je vous félicite de vos fidélités.

Le lendemain, sur une hauteur de Zürich. Pour atteindre le cimetière de *Flüntern*, il faut prendre un tramway qui monte vers le zoo. James Joyce a oublié de prévenir ses personnages – le *young man* Stephen Dedalus, le vieil amateur de rognons Leopold Bloom, l'infidèle Marion *Molly* Tweedy – que dans leur sommeil éternel, si loin de leur Irlande chérie autant que détestée, ils entendraient des rugissements de lions et des barrissements d'éléphants. L'éternel exilé n'avait sans doute pas davantage imaginé qu'il aurait droit à une statue de bronze plutôt réussie. Avec lui dort dans la terre suisse sa fidèle Nora. En descendant du tram, Lavis a demandé son chemin à un homme tenant par la main un charmant gamin avec papillotes et kippa qui a immédiatement couru vers une femme, sans doute sa mère, dont le fichu légèrement déplacé laissait deviner le crâne rasé. Or, alors que le détective médite devant la silhouette du nouveau sponsor d'Ulysse, voici que le quidam réapparaît et s'arrête à ses côtés. On dirait le personnage d'un roman se présentant à point. Jamais le Commissaire ni peut-être même Dunan ne croira à cette rencontre.

– Qui est-ce ? demande le messager en désignant la statue.

– Comme vous pouvez le lire, James Joyce, l'écrivain irlandais.

– Connais pas.

– Il est très célèbre.

– À chacun sa culture. Est-ce que vous connaissez Rabbi Nahman de Brastlav ?

– Non.

– Si vous l'aviez lu, vous auriez peut-être hésité à vous adresser à moi tout à l'heure.

– Et pourquoi donc ? Pardonnez-moi si je vous ai froissé, vous avez raison, à chacun sa culture.

– Il a dit : « *Ne demande jamais ton chemin à*

quelqu'un qui sait, tu pourrais ne pas te perdre. »

– C'est pour moi ! Précisément, je suis en quête et je suis perdu.

– Donc, vous y êtes.

– Pour marquer un point à mon tour, en toute cordialité, je dirais que votre méconnaissance de James Joyce peut surprendre car le personnage dont il raconte l'errance dans le roman qui a fait sa réputation est juif.

– Vraiment ? Quel nom ?

– Leopold Bloom, mais c'est une identité tardivement acquise, son père s'appelait Rudolph Virag, de *Szombathely* en Hongrie, je prononce peut-être mal. Le nom *Lipoti* apparaît aussi sur une page.

– Et comment s'appelle ce bouquin ?

– *Ulysses*, « Ulysse » en anglais ou au pluriel. Il prétend reprendre le schéma de *L'Odyssée* d'Homère dans les rues de Dublin, mais ce n'est pas si simple. C'est à la fois brillant et assez illisible.

– En définitive, c'est une histoire juive, irlandaise, grecque ou suisse ?

– Un peu tout cela. Joyce n'a écrit que sur l'Irlande, mais il n'a jamais pu y vivre. Il trouvait que le pays sentait le renfermé, et les plus coincés de ses compatriotes l'ont en retour déclaré « pornographique ». Pour chercher à respirer, sa femme et lui ont traîné toute leur vie à Trieste, Vienne, Rome, Paris.

– Et qu'est-ce qu'il fait de juif, son héros, à Dublin ?

– Son bonhomme. Pas grand-chose. Son immigrant de père l'a fait successivement baptiser protestant puis catholique. Adulte dans le livre, il rencontre des voisins, il rêve, il mange, il fait l'amour, il se masturbe et même, sauf votre respect, il pète. Le livre est une succession de saynètes toutes écrites dans des styles différents. Il s'agit aussi de parcourir le langage et la littérature. Ça part dans tous les sens, sans toujours arriver quelque part.

– Eh bien voilà, ça, c'est juif.

– Ah ?

– Le judaïsme n'est pas un énoncé, et il ne se rattache pas à un seul pays. C'est paradoxalement à la fois une appartenance et une forme de désobéissance. La manie du commentaire permanent. Rien de figé. Le Dieu des Juifs s'est exprimé quelquefois à l'origine, il a peut-être même aidé Moïse sur le Sinaï a écrire ses fameux rouleaux. Mais ensuite il s'est retiré pour nous laisser libres ou seuls, choisissez. Nous le respectons au point de ne pas prononcer son nom. L'un de nos philosophes qui était aussi médecin, prêtre de l'âme et du corps, a parlé de « théologie négative ». Dieu Est, mais on ne peut approcher que ce qu'il n'est pas, tourner autour en posant des questions, en multipliant les interprétations, en racontant des histoires que nous appelons *midrash*, des *midrashim* au pluriel.

– Ça vient de loin ! Les premiers grands récits de toutes les civilisations, pas seulement de la vôtre, étaient des fictions. Et le sont encore. Des rêves, des légendes.

– À la différence près que, nous, nous ne les gobons pas telles quelles. Nous ne cessons de les discuter… Qu'est-ce que c'est que ça ?

L'homme a désigné sur la dalle de marbre une tache noirâtre, un reste de cendres et quelques brindilles à demi brûlées.

– Eh bien justement, vous allez peut-être pouvoir m'aider. Je suis inspecteur de police, je cherche à résoudre une énigme qui nous laisse pantois, mes collègues français et moi. Trois tombes d'écrivains ont été enduites de sang animal ; outre celle-ci à Zürich, celle de Proust à Paris et celle de Borges à Genève. Vous n'êtes pas l'auteur de ces bizarreries, au moins ? Vous jaillissez tellement à propos que j'en viens à me demander si vous ne m'avez pas filé ! Pardonnez-moi. Ici, j'ai l'impression qu'on a fait un feu de surcroît.

– On dirait un sacrifice… Quelle affaire ! Un *midrash* si on en écrivait encore !

– Eh bien commentez, puisque c'est votre tournure d'esprit.

– Les trois religions monothéistes qui se partagent l'Occident et le Proche Orient commencent avec Abraham, deux mille ans avant votre Christ. La substitution d'un mouton au petit Isaac marque la fin des sacrifices humains.

– Ils deviennent des *simulacres*, ce mot m'a toujours troublé. On dirait des fictions, des récits plutôt que l'acte lui-même.

– Les Juifs ont accru le poids de vérité de cette pratique en la réservant au seul Temple de Jérusalem. Avant sa destruction par les Romains, au IIe siècle de votre ère, les prêtres *cohanim* dont descendent encore les gens qui portent le nom de *Cohen* aujourd'hui y offraient des animaux.

– Comme les païens, comme les Grecs et les Romains.

– Comme bien d'autres humains. Certains rêvent même de reprendre ces rituels demain dans une Jérusalem redevenue proprement juive.

– Ça ferait jaser, il faudrait demander à Trump d'approuver !... Vos prêtres mangeaient aussi ces viandes ? il les faisaient cuire ?

– Oui. Les chrétiens ont abandonné ces pratiques, mais physiquement seulement, en les remplaçant par la consommation virtuelle de Dieu lui-même...

– ... de son Fils. En définitive, quel était leur sens ?

– Des hommages à tout l'univers, à l'Éternité.

– À l'Évolution. Paradoxalement à la Vie, en passant par la Mort. Quel roman !

– Vous le dites assez bien, mais je ne sais pas si vous avez raison. Il faudrait en discuter...

– Une autre fois ! Je reviens à mon enquête, fait Lavis après un silence, en considérant de nouveau les traces sur la dalle. Je ne crois pas qu'il faille s'en tenir au monde juif, même si l'auteur Proust et l'acteur Bloom lui étaient vaguement reliés. Est-ce que les Vikings faisaient des sacrifices ? Ils ont laissé une trace à Genève...

– En voilà une question ! Je n'en sais fichtre rien, oui sans doute, avant leur conversion.

– Si mon hypothèse est bonne, je veux prendre ces

cérémonies sur des tombes de romanciers comme des saluts à ces *prêtres*, des rappels du rôle éminent des contes, des fictions, dans l'histoire de l'humanité. Elles deviendraient sacrées ?

– Des cérémonies ? Vous paraissez bien sûr de vous.

– Je vais vous le dire comme je le sens. Une fable est un *regard* non explicité, un peu comme votre Dieu ; un mystère inviolé, un ganglion de culture, intouché par la piétaille des arguments. Le sacrifice remonte plus haut encore, avant le langage et au-dessus de lui. Il nous baptise en silence.

– Bon, on m'attend.

– Comment dites-vous « au revoir » en hébreu ?

– *Kol touv.*

– Et « à bientôt » ?

– *Lehi traot.*

Le soir du même jour à l'hôtel.

– Allo Dunan ? Comment ça va, dans le service ? Ça ronronne ?

– Tu l'as dit. Avec quelques nouveautés.

– Tu vas être surpris de ma demande, mais, s'il te plaît, fais-le.

– Oui ?

– Trouve des collègues au Sri Lanka, appelle-les et demande-leur d'aller vérifier la sépulture d'Arthur C. Clarke. Tu vois qui ? l'auteur de *2001* et d'autres histoires de science-fiction, de *L'Étoile*, ma préférée. Il s'était installé à Colombo, il est mort là-bas, il y a été enterré.

– Pourquoi troubler son repos ?

– Rappelle-toi ? les singes qui mutent, l'ordinateur qui veut prendre le pouvoir, le bébé à la fin qui dérive dans une bulle… Rien de plus actuel ! En te parlant il me vient même que la fameuse pierre noire ressemble à la tombe de Proust redressée…

– Si tu le dis.

– Et puis fais vérifier aussi celle de Mark Twain, à Elmira, dans l'État de New York, ce sera moins difficile.

– Tu me téléphones d'où ?

– De Zürich.

– Mettons. Tu m'empêches de dormir, je voulais te demander quelque chose. À propos de l'émission de télé nous avons parlé de l'auteur plagié, le lointain Shakespeare, mais est-ce qu'on sait qui avait écrit pour lui la lettre de dénonciation ?

– Non, elle était seulement signée *L'Ombre*. Pourquoi cette question ? Tu penses qu'il pourrait s'agir de notre tueur masqué ?

– Autre chose. Le mois dernier, quelques jours avant l'émission de télé, tu rentrais de vacances…

– Oui.

– Tu revenais d'où ?

– De Hongrie, d'un bled que tu ne connais pas.

– Dis toujours.

– Szombathely. Ça te va ?

– J'ai fait un cauchemar cette nuit. J'ai rêvé que c'était toi, le barbouilleur de tombes !

– Amusant, mais ce serait trop simple, Agatha Christie a déjà dû avoir une idée de ce genre. Je crains que le réel ne soit moins transparent.

– C'est-à-dire ?

– Les solutions bien circonscrites, avec un ou deux coupables, une explication claire, c'est bon pour les polars. Mais, dans le cas qui nous occupe, ils doivent être plusieurs ou même un nombre indéterminé, avec autant de solutions. J'aimerais pouvoir penser que c'est la vie qui nous nargue, l'humanité, la Culture, peut-être bien la Nature. La logique. Très vicieuse, la logique.

– Comprends pas.

– Les chercheurs, les physiciens, les biologistes, les ethnologues, pataugent comme nous dans un marais d'indices et de correspondances. Leurs théories voudraient être nettes, mais la réalité est diffuse.

– Je ne vois pas le rapport.

– Le monde n'est jamais simple. Il ne se reconnaît pas dans nos équations squelettiques. Bon, tu téléphones à Colombo ?

– Après t'avoir transmis une information que tu ne m'as pas encore laissé le temps de placer.

– Donne.

– Tu n'es pas en Angleterre, ou tu n'y es pas allé faire un tour récemment ?

– Non.

– La tombe de Virginia Woolf a été enduite.

– Ah ! C'est où ?

– Tu trouveras. Dans le parc de sa maison, près de

Brighton.

– Mais bien sûr, les femmes aussi ! En attendant mon retour, surveille donc le cimetière du Montparnasse pour Simone de Beauvoir, encore qu'elle a été davantage une femme d'idées qu'une conteuse. Nohant dans l'Indre pour George Sand. Colette est au Père-Lachaise, je crois. Bon, salut !

– Salut.

VII

Diby s'est fait prier pour entrer dans le motel. Apparemment, il aurait voulu rester dans le camion, les sièges lui suffisaient, mais il y avait plusieurs véhicules en stationnement, et Julie n'a pas voulu laisser voir un homme de couleur dans sa cabine. Un autre conducteur aurait pu se faire des idées, et il s'en serait peut-être même trouvé un pour appeler la police. Le jeune homme se tient debout près de la porte de la chambre refermée, sans même s'asseoir sur l'unique chaise qui jouxte le petit bureau. Encore moins sur l'un des deux lits.

Gabriel tente de le laisser seul un moment, par exemple pour faire une prière ou pour occuper la salle de bain, mais sa propre gestuelle muette lui apparaît si ridicule qu'il préfère se déshabiller lui-même rapidement, prendre une douche et se coucher en ne présentant que son dos. Pourtant, un pressentiment l'amène à se retourner vers son voisin alors qu'un froissement suggère qu'il s'est décidé à poser son sac et à enlever son blouson. Qu'y a-t-il donc de légèrement anormal dans la silhouette de cet éphèbe ? Les cheveux courts ne prouvent rien, mais cette peau imberbe et cette voix haut perchée qu'il a fait brièvement entendre dans le camion évoquent évidemment l'autre sexe. Oui ! on devine les légers renflement de deux jeunes seins sous le tee-shirt… C'est une fille ! D'où, sans doute, une timidité plus grande encore que ne serait celle d'un garçon en terre étrangère. Quel roman !

Gabriel cherche ce qu'il pourrait dire ou faire pour apaiser la tension, mais comment se passer d'une langue commune ? L'idée lui vient de repousser la deuxième couche pour la séparer de la sienne et de la tapoter de la main pour inciter la jeune fille à s'y étendre. Elle sourit mais rougit violemment sous sa couleur de nuit. Malgré leur différence d'âge, c'est une sœur en errance dont l'improbable courage le laisse pantois. Que fait-elle donc seule aussi loin des siens, des sons, des parfums de son monde ? Il serait intéressant d'entendre cette *petite princesse* conter son périple à travers savanes et déserts, ses dangereux démêlés avec passeurs et douaniers. Pour que les coïncidences ne faussent pas leur rencontre, il ne faut pas imaginer qu'elle ait elle aussi perdu un proche, père, mère ou petit ami. La ressemblance entre le vieux marcheur et la jeune aventurière tient plutôt à leur rapport au hasard. Saint-Exupéry s'est-il rendu compte qu'en peignant un garçon il oubliait la merveille des filles ? Silence. Immobilité.

Gabriel s'endort d'un premier sommeil sans rêves qui

le retrouve ahuri lorsque au milieu de la nuit il jette les jambes sur le côté et s'assied devant sa compagne endormie. Le blouson entrouvert laisse voir un léger arrondi du pantalon. Fichtre ! et si de surcroît elle était enceinte ? Est-il prêt à écrire ou bien plutôt à vivre ce récit imprévu ? Puisque elle fait partie de ces migrants qu'il souhaitait accueillir, il va la ramener chez lui, lui montrer une photo de Sidonie, lui raconter sa vie passée. Elle aura un nouveau destin enviable. Il surveillera l'arrondissement de son joli ventre bronzé, il l'emmènera chez le médecin ou à l'hôpital de *la Cavale Blanche*. Un pur-sang arabe. Submergé d'émotion, il ose à peine se représenter le bébé magnifique qui sortira de ces longues cuisses. Voici le petit ange, souriant sous ses cheveux crépus ou ses petites nattes dressées. Il l'emmènera à la pêche, il lui apprendra à appuyer sur le dos des étrilles pour pouvoir les saisir par l'arrière sous les pinces. Un jour, ils iront tous passer des vacances en Afrique, ils feront connaissance avec ce vieux griot de Pépé, ils goûteront aux *samoussas* et aux sardines de Mémé. Avec des *gombos* ! et des mangues en dessert.

Quelle merveille que cette saga humaine dans l'éternité du cosmos ! Il se retient d'allonger la main pour caresser la jolie joue colorée. Il replonge dans son rêve.

Au petit jour, le deuxième lit est vide, et le parking aussi bien. Même le camion est désormais absent, constate Gabriel en repoussant davantage le rideau devant la fenêtre embuée. Les deux filles se sont-elles retrouvées, ont-elles noué leurs destinées ? Il se sent soudain esseulé et vieux, menacé par le compte des années. Il n'aurait peut-être pas dû partir, un heureux hasard l'aurait aussi bien déniché dans sa maison. On aurait sonné ou bien une main aux doigts fins aurait frappé à la porte : Diby, enfin ! quel bonheur ! entre chérie, tu vas prendre froid.

Hélas, le roman ne veut pas reprendre. Après s'être frotté le visage d'une eau froide recueillie dans ses mains réunies, il sort. Il gagne la réception du motel en se laissant envahir par des images inquiétantes : Charlton Heston ou le gros Orson Welles dans *Touch of Evil*, John Gavin ou Anthony Perkins dans *Psycho*. Janet Leigh ne joue-t-elle pas dans les deux films ? Il eût été intéressant d'étendre au cinéma sa conversation sur la littérature avec Julie.

Le tenancier en chair et en os lui annonce d'emblée sans amabilité que les deux filles sont parties il y a des heures, « la petite bronzée la première ».

– Le garçon africain ?

– Une Malienne déguisée.

– Elle parlerait le français ?

– J'ai vu son passeport. Vous savez, là-bas on ne sait jamais trop ce qu'ils bredouillent. J'y ai fait six mois dans l'armée. Il y en a des jolies, remarquez. J'ai pensé appeler les flics, mais je l'ai finalement laissée partir. Trop gentil ! Faudra pas venir se plaindre. Je ne l'ai pas fait payer, j'ai gardé ça pour vous. Elle est montée avec un gros dégueulasse, je ne parierais pas sur sa vertu avant midi. Si vous voyez un camion garé dans un chemin creux, vous saurez pourquoi.

– Arrêtez ! Et l'autre, la Française ?

– La libellule ? c'est son nom pour tout le monde. Elle a pris un *expresso* sur votre compte en rigolant. Et elle a recommandé de vous laisser dormir. Ça fait 76 euros, 83 avec le petit déj si vous en voulez, c'est dans la pièce à côté.

– Elle a dit où elle allait ?

– Non. Vous pouvez toujours téléphoner à son employeur.

– Je n'ai même pas noté le nom de la société, sur le camion.

– Alors, moi non plus, je ne m'en mêle pas.

– Elle est à son compte, je crois ?

Après un grand café et un croissant surprenants de qualité, Gabriel revient dans la pièce d'accueil où *un routier sympa* est en train de fumer en compagnie du sale type, tout compte fait pas si affreux. Il aurait peut-être dû prévenir la police pour garantir la sécurité de Diby. Quelques jours d'internement ou même une expulsion du territoire auraient mieux valu qu'un viol, un assassinat, une incinération... Les cauchemars sont toujours à l'affût.

– Maintenant, fait l'autre en écrasant sa cigarette, s'ils vous choppent en train d'en allumer une au volant, vous êtes bon ! 35 euros, je crois, si c'est pas 90 ! Et automatiquement examen de la cargaison pour faire chier ! Rien à foutre de la température du poisson !

– Vous allez où ? hasarde Gabriel.

– À Rungis, où voulez-vous ?

– Vous pouvez m'emmener ?

– Qu'est-ce que vous allez vous cailler là-bas ?

– Je vais à Orly, c'est à côté.

– O.K. Enlevez votre ceinture, tournez-vous, levez les bras, écartez les jambes, montrez vos semelles. Pas de monnaie dans les poches ?

Tout le monde rit.

– Vous allez prendre un avion, et vous n'avez pas de quoi vous payer le train ou un *nonbus* ? Moi, je les appelle comme ça.

– C'est mon secret.

– Mystérieux, le monsieur. Allez, en route ! Il reste 150 bornes.

Pendant le trajet Gabriel s'essaie à un autre forme d'expérience : il ment pendant deux heures en se présentant comme un petit commerçant ruiné par un escroc qu'il veut précisément retrouver. Il n'a même plus de voiture, c'est pourquoi il en est réduit à faire du stop, mais, ça tombe bien, il aime ça, et les gens sont gentils. Il était artisan boucher, il envisage de passer au poisson, il trouvera peut-être un jour un diamant dans l'estomac d'un lieu ? Il avait un copain, un type d'origine russe, qui adorait raconter un truc comme ça. Il prenait son temps pour chauffer son public, pour décrire un bonhomme en train d'aiguiser un grand couteau, d'écailler puis d'ouvrir proprement la bête. Certains auditeurs pensaient qu'à la place d'un diamant ce serait du caviar ou un message de Poutine, d'autres attendaient un meurtre. Mais finalement « il n'y avait rien à l'intérieur » concluait le conteur avant de lancer aux auditeurs plus éberlués que déçus : « C'est ce que j'aime dans les coïncidences. »

Le chauffeur hésite entre l'amusement et la peur de passer pour un idiot, il est gentil, un peu de *n'importe quoi* fait passer le temps. Les *homo sapiens* se sont raconté des histoires avant de développer des idées, Gabriel ne va pas recommencer pour un autre interlocuteur, Julie a emporté le certificat dûment tamponné. Pourquoi est-elle partie sans lui ? sans un adieu ? La vie enchaîne les surprises, mais il est difficile d'apprécier la saveur des déceptions. Elle a eu peur à son tour, peut-être, ou bien elle a jugé leurs deux solitudes plus précieuses que leur dialogue ? Voilà qui est mieux.

Quelques heures plus tard, il déambule dans un hangar effectivement glacé au milieu de caisses de maquereaux et de quelques thons gigantesques qui vont valoir des fortunes au Japon. Le mélange de musiques décalées et de cris est assourdissant. On dirait que l'économie veut interdire tout dialogue pour mieux imposer ses algorithmes. Il parvient cependant à se faire indiquer, sur une allée extérieure visible au-delà d'un porche, un arrêt de bus qu'on lui garantit régulièrement desservi.

Après un quart d'heure de gel sur place et un autre de secousses, le voici dans un hall plus accueillant, qui lui apparaît déjà comme un pays étranger : celui d'Orly 2, qu'il n'a jamais fréquenté, il ne connaît que la première aérogare. Le tableau des départs propose des dizaines de destinations orientales, africaines, océaniennes. Au milieu desquelles, un vol pour Bamako. Parfait, il va migrer à l'envers pour le pays de Diby. Même sans connaître son nom, il réussira peut-être à retrouver sa famille ? en décrivant le tatouage de son poignet aux commères des marchés, aux jeunes gens des cafés, aux prêtres des églises, aux imams des mosquées... Voilà bien de quoi s'occuper ! Gabriel rit en s'approchant du comptoir d'*Air France*. Oui, bien sûr, il peut acheter un billet pour le Mali, mais il faut un visa pour en faire usage. Au demeurant, il n'a même pas pensé à prendre son passeport en quittant sa maison. Ne croyait-il pas vraiment, profondément, à son escapade ?

À sa droite un quidam s'enquiert des départs pour la Suisse, pour Genève ou Zürich, peu importe à ce voyageur dont les traits sont à la fois inconnus et bizarrement familiers à Gabriel, comme pourraient l'être ceux d'un personnage aperçu en rêve. Le bonhomme devra changer de terminal, mais l'hôtesse veut bien téléphoner à ses collègues d'Orly 1 pour lui faire réserver une place. Comment s'appelle-t-il ? *Lavis* ou *Lavisse* ?

Un hurlement, une bousculade. « Couchez-vous ! » hurle un soldat, l'arme dressée. Tous les témoins se jettent à terre. Un individu tient par le cou une autre silhouette en tenue de combat, sans doute de sexe féminin, dont il menace la gorge d'une lame effrayante. Une, deux détonations. L'homme s'affaisse, la fille est libre. La réalité a inséré un billet dans les pages du livre.

VIII

Non loin de là. Il faisait beau, le printemps s'installait. Les massifs de rhododendrons ne savaient plus comment retenir leurs explosions. Les pneus du taxi arrachaient aux gravillons de l'allée un rythme sourd qui soutenait les arias des oiseaux. La main de l'épouse s'était posée sur l'avant-bras de l'époux, une main d'amoureuse.

– Tu es sûr, vraiment ? Le soleil caresse aussi bien Paris. Nous serions bien chez nous.

– Certain. Je veux parler avec ce diable de Molinier, il est temps d'intervenir.

Le bâtiment de la clinique affiche une architecture torturée qui témoigne de son histoire, de ses affectations successives et des goûts de ses propriétaires : un mélange de manoir ancien, de grande demeure bourgeoise, de folie à la Gaudi, de style nouille ; des pavillons annexes que leur pierre meulière déclasse. La voiture s'est arrêtée au pied du grand escalier, devant une élégante madame Violette, jupe, corsage, talons hauts, et un Jean-Louis hilare en tenue de jardinier qui mène une voiturette tirée par deux chèvres pour transporter les bagages.

– Monsieur Lavisse, c'est toujours un bonheur de vous revoir !

– « Lakisse » désormais s'il vous plaît.

– Ah ?

– Écrit à l'anglaise, *Lakeith*, k, e, i, t, h. C'est mon dernier pseudonyme, une fantaisie d'auteur, un petit plaisir, c'est épuisant d'écrire. Insistez bien sur *Kiiisse*, comme un long baiser.

– Vous me faites rougir ! mais j'y veillerai et j'informerai tous les pensionnaires. Le professeur fait sa tournée des chambres, il vous verra dès qu'il aura terminé. En attendant, prenez donc possession de la vôtre, la même que la dernière fois, face au grand cerisier.

– Merci. J'arrive *in extremis* !

– Que voulez-vous dire ?

– Le monde devient fou.

– Vous nous raconterez ça.

– Il ne se contient plus. Ces graviers que vous foulez…

– Oui, je vais me tordre la cheville, j'aurais dû garder mes escarpins, mais je voulais vous accueillir dignement.

– … vous vous représentez les explosions volcaniques, les torrents de lave qui ont été nécessaires à leur production, au fil de violents millénaires ?

– Pas vraiment, non, pas à cette minute. Vous nous surprendrez toujours, ne me faites pas peur !

– Chéri, sois gentil, madame Violette t'aime bien.

– Et vos chaussures si délicates, vous entendez les cris

d'agonie du veau ou de l'agneau qu'on a égorgé pour prélever sa peau ?

– Chéri !

– Vous le savez, monsieur *Kisse*, je ne suis pas un monstre !

– Vous allez à la messe, vous buvez le sang du Christ, vous mangez sa chair ?

– Chéri !

– Ne craignez rien chère Madame, nous avons l'habitude, je mesure l'humour de ces commentaires, serez-vous des nôtres au déjeuner ?

– Non, je préfère m'éclipser, j'ai prévu de garder le taxi. Darling, je te laisse dans ton nid avec tes amis, à bientôt, ne fais pas de folies.

Le cerisier est bien là, surveillé par les oiseaux. Des descendants plus légers que leurs ancêtres dinosaures. Ce sont les grands lézards volants qui ont inventé les plumes. À leur disparition, il n'y avait qu'un seul continent (masculin), *La Pangée* (féminin), que personne n'avait encore nommé.e. On ne devinait pas que le même mot, *continens*, survivrait à la fois dans des terres regroupées et chez des êtres capables de retenir leurs mictions. Pas d'herbe ni de fleurs ni de fruits, mais des fougères, des algues. Ni paroles, ni écrits, ni pensées. Ça fonctionnait pourtant, ça vivait : sans conscience. Si l'on veut compliquer, un jour un chasseur maladroit trébucherait, écraserait une fourmi entre les graviers, et les langues promises en seraient changées… Je suis fatigué, je vais faire une petite sieste, *tsimtsoum*, je verrai le patron plus tard. Le directeur, le chef, pas le modèle. Encore moins l'étalon, tout de même pas un cheval.

– Entrez !

Le docteur Molinier est un géant amène, aux cheveux gris, qui cache sous une blouse blanche usagée un impeccable gilet écossais surmonté d'un petit nœud.

– Bonjour cher Lavisse, ou *Lakis* désormais m'a-t-on dit...

– *Lakeith*, la langue entre les dents.

– Oui, Mme Violette m'en a parlé.

– Bonjour Monseigneur... Prince de notre petit monde.

– Je ne suis pas certain de mériter cet hommage, je le fais suivre dans leurs tombes aux grands médecins fondateurs de ma discipline.

– Vous leur faites *le sacrifice* de votre réputation ?

– C'est drôlement dit, mais il y a de ça.

– Vous choisirez la grise ou la blanche ?

– De quoi parlez-vous ?

– Eh bien des chèvres, pour le sacrifice.

– Vous êtes toujours aussi facétieux. Je devrais en praticien me contenter de poser un diagnostic sur le patient que vous êtes – ou que vous seriez ? – mais vous en savez plus que moi sur cette énigme. Vous me surprenez ! et j'adore ça. *Vous m'intéressez !* Vous êtes le sujet de ma deuxième thèse, celle de mes vieux jours, et je n'en aperçois pas la conclusion pour l'instant. Alors, repartons du début : qu'est-ce qui nous vaut cette fois l'honneur de votre visite ?...

– L'envie de vous voir !

– De vous reposer aussi peut-être ? Vous le savez, vous êtes ici un invité permanent, vous venez quand vous voulez. Vous écrivez toujours ?

– Comment faire autrement ? Les mots me traquent... mais cette fois je tiens peut-être la fable après laquelle je cours depuis que le monde est monde.

– Depuis que *vous êtes vous*, ce sera bien suffisant. Racontez-moi ça.

– Ça se passe en Angleterre, au début du XXe siècle. Deux rigolos qui aiment batailler sur des questions philosophiques, disons des *Bouvard et Pécuchet* british plus excités que leurs modèles français, tout à la fois amis et ennemis intimes, l'un croyant, l'autre athée forcené, décident de jouer dans un duel l'existence de Dieu...

– Magnifique ! Lequel gagne ?

– Aucun.

– Ça fait penser à ces horreurs de l'Inquisition au Moyen Âge, quand on soumettait de pauvres victimes à « la question » en soutenant que si leurs réponses étaient justes le Seigneur les épargnerait.

– Mais cette fois mes deux zèbres se torturent eux-mêmes, et c'est drôle. Le problème auquel ils se heurtent d'emblée, c'est que les duels sont interdits dans le Royaume ! J'en ris moi-même en écrivant. Du coup, chaque fois qu'ils dégainent leurs épées, des *bobbies* surgissent pour les empêcher d'engager le combat. Là où j'ai fait fort, c'est qu'à la fin ils longent le mur d'une propriété, un peu comme ici, vous voyez ?

– Je crains le pire.

– Ils l'escaladent en espérant être enfin tranquilles, mais ils se retrouvent dans le parc d'une clinique hantée par les spectres de personnages célèbres, sans doute des malades… une communauté dont le leader est un certain monsieur Lucifer, un « porteur de lumières ».

– Comment dois-je l'entendre ?

– À côté. Le mot *feu* ne brûle pas. *Molinier* n'est qu'un son, c'est *l'autre* qui reçoit en consultation.

– En effet.

– Mais le reste est bien là, et même avant. Il y a quelque chose. Il y a foule. J'utilise les mots parce qu'on ne peut pas faire autrement, mais, ce faisant, c'est le monde que je travaille. Directement.

– Vous m'embrouillez, passons. Comment s'appellera ce chef-d'œuvre ?

– Je pense à *La Sphère et la Croix*, une forme d'architecte et le symbole du bigot, mais j'hésite encore, c'est peut-être trop simple ou, à l'inverse, un peu abstrus, abstrait, absss…

– Calmez-vous !

– … abscons. Le concret m'oblige.

Deux semaines plus tard, le psychiatre invite de nouveau l'écrivain à le rejoindre dans son bureau. Il serait tendancieux de qualifier l'un plus que l'autre d'*homme de l'art*, d'admettre une hiérarchie entre eux.

En l'occurrence le patient ne laisse rien paraître, le thérapeute paraît préoccupé. Il commence lentement, pour tenter de prêter à ses paroles une subtilité qui le fuit :

– Cher *vous* qui êtes *vous*...

– Encore ! Vous vous égarez, ce n'est pas le texte du Diable, vous vous essayez à Dieu. Rappelez-vous : *« je suis celui qui suis »* !

Molinier est décontenancé, il se sent menacé d'un contournement. S'il fumait il prendrait le temps de chercher une cigarette, de l'allumer, de rejeter au moins une bouffée. Mais il n'est ni Marlowe ni Bogart. Il n'est que toubib, le métier de neurologue est lourd et dangereux. Depuis quelques mois il s'oblige à repousser la tentation des *électrochocs*, tant pour ses malades que peut-être pour lui-même. Le mot court sous son front, le grand repos du vide qui suivrait la déflagration l'attire comme l'antichambre du paradis. Un orgasme cérébral. Son interlocuteur le regarde avec une hauteur souriante. Est-ce qu'il sait ?

– Ce n'est pas facile, reprend le praticien, vous êtes assez fin pour le constater, je tente une manipulation dangereuse...

– De qui, de quoi ?

– De votre cerveau. Je cherche à vous ramener au véritable *vous*, à votre véritable *moi* si nous parlons de chez *vous*... ah, c'est difficile, n'est-ce pas ? même de s'exprimer, la langue se joue de nous. J'ai été maladroit en parodiant la Bible, c'était à mon insu ou presque, je devais le savoir *quelque part*, mais où ? Ce dont je veux vous convaincre, c'est que s'approprier une identité, se glisser dans une autre peau, c'est autrement grave que de filouter un texte. Les plagiaires feraient bien d'y penser, d'apercevoir le précipice auprès duquel ils marchent.

– Eh bien, sauvez-moi !

– Ah ! ce cri le fait déjà en partie. J'aimerais tellement vous aider, vous ramener de ce côté…

– De votre côté de la folie ? dites-le ! Je ne suis pas certain d'en avoir envie. Je suis heureux, savez-vous ?

– Nous reprendrons une autre fois.

Une semaine de plus. Le psychiatre est déchiré par la maladie d'un autre, qu'il est supposé soigner. Son visage porte la marque d'un échec cinglant.

– En vérifiant l'équipement de votre chambre, lance-t-il, Mme Violette a aperçu un livre dans votre armoire : *La Sphère et la Croix*, de Gilbert Keith Chesterton. Elle a simplement parcouru le résumé en couverture, et elle me l'a apporté. Moi, je l'ai lu en entier.

– *Guilberte Kiss Chestertonne* en bon anglais. J'adore ce prénom *Keith*, j'aurais aimé le porter.

– Vous l'avez déjà dit.

– Ma femme m'aurait dit : *« Keith, give me a kiss ! »*

– Cher Lavisse, je vous croyais en voie de guérison. Ce livre est exactement le roman que vous m'avez présenté comme votre dernier manuscrit l'autre jour.

– *My work in progress.* Vous avez lu mon texte sous la signature de Chesterton ?

– Ou l'inverse.

– Le salaud !

– Je ne connaissais pas votre sosie, je me suis attaché à le découvrir pour préparer cette rencontre, et j'y ai pris beaucoup de plaisir malgré la déception que vous me valez. J'ai adoré son *Père Brown,* un prêtre détective, il fallait y penser !

– J'étais très fier de ma trouvaille. Il m'est arrivé de mettre une soutane lorsque je m'attelais à ses aventures. Mais un matin, je ne l'ai plus retrouvée : un vol de plus !

– Essayons d'avancer. Je crois que Chesterton est mort dans les années 30 ?

– Dit-on.

– Avant votre naissance ?

– Soit ?

– Je suis médecin et rationaliste. Les sornettes dont font commerce les nécromanciens et autres spirites ne sont pas pour moi.

– Vous allez à la messe ?

– Une fois par an, à Pâques. Ne recommencez pas.

– *« S'il n'y a pas de résurrection des morts, nous sommes de faux témoins et notre foi est vide »,* saint Paul, *Première Lettre aux Corinthiens* (XV, 13-16).

– Personnellement cet espoir fou ne m'atteint pas. C'est l'histoire réelle de l'Église, sa réussite, qui me touchent. Les chrétiens innombrables et toutes ces cathédrales qui existent bien. Solides, millénaires, toujours debout.

– Oui et non. Seules leurs formes perdurent, tandis que

leurs pierres sont changées une à une au fil de leur usure. À Strasbourg il n'en reste presque plus qui datent de l'origine. Ces monstres deviennent progressivement des cathédrales virtuelles, des idées de cathédrales. Même jeu pour notre corps dont les cellules se renouvellent en permanence tandis que notre personnalité demeure. Vous n'êtes désormais que le fantôme du fils de vos parents. Deux fois patron, avec un rien de chevalin…

– Vraiment ?

– L'étalon…

– Vous me saoulez.

– Attendez ! Si vous ne voulez pas de saint Paul, *l'intrication quantique, la non-localité*, ça vous dit quelque chose ?

– Pas vraiment non plus, à ma grande honte. C'est la difficulté à laquelle on se heurte au terme de nos études, trop longues, épuisantes. Elles nous vident la tête de tout ce qui n'est pas elles. Ensuite, avec des clients cultivés comme vous, nous flanchons : vous en savez plus que nous !

– C'est le dernier cri de la physique théorique. Deux particules qui ont été un jour liées le restent à jamais, et instantanément, quelle que soit leur distance. J'avoue que je ne comprends pas très bien la position d'Einstein dans cette affaire, avec sa misérable vitesse de la lumière qu'il se refuse à dépasser…

– Moi non plus !

– Si deux minuscules photons sont capables d'une

telle performance, pourquoi pas deux géants de la littérature ? Messieurs Lavis et Chesterton. Hors le temps, hors l'espace, *hors-la-loi* ? Il y a des échos, de lieu en lieu, de moment en moment, de rêve en rêve. Pour être fortes les histoires doivent être universelles, libres de tout droit de propriété : comme les grandes plaines américaines avant les blessures des clôtures barbelées. Mais les croisements d'auteurs sont plus fascinants encore s'ils sont inconscients. Ils deviennent alors des lapsus du réel, du Temps, du Hasard, de la Répétition, de l'Espace, de la Complexité, de la Géométrie. Des malices de la nature des choses. Des plaisanteries consignées dans la grande Banque des idées où nous avons tous un compte ouvert. Qu'est-ce qui fait que soudain un nouveau scénario se présente à nous, dont l'intérêt et la justesse nous frappent, quand nous n'y avions jamais songé auparavant ? C'est tout de même extraordinaire, ce surgissement du néant, d'un pays inconnu que nous n'avions jamais exploré ? D'où ou de qui nous vient cette histoire *insue* ?

— De Dieu peut-être. Je plaisante.

— Pas moi. Est-ce qu'il faut, pour faire place à de neuves merveilles, pour les laisser naître, nous débarrasser de mille vieilleries obsédantes qui nous encombrent le cerveau depuis des années ? Vous savez d'où vient le mot *oubli* ?

— Une autre fois si vous voulez bien.

— La mémoire est-elle une forteresse qui nous emprisonne ?

– Peut-être bien. Ou pas, si ses plis cachent un trésor comme une pile de draps un magot ?

– Ce vieux Keith et moi avons connu la même histoire, nous vivons désormais dans le même présent. Dans le même grenier.

– Mais lui avant vous ? un siècle plus tôt ?

– Ne m'obligez pas à vous parler des foules d'âmes qui attendent une incarnation.

– En effet, épargnez-moi ça.

– Une bonne partie de l'humanité y croit. « Le temps est une prison inutile », ce doit être de Borges qui a écrit plusieurs histoires de duels, mais au couteau, entre *gauchos*, dans de sordides *bodeguitas*… L'une des plus belles, *La Trama*, commence par reprendre le meurtre de César reconnaissant Brutus parmi ses assassins.

– Nous nous perdons !

– Nous sommes au cœur du sujet ! Le monde est petit, il y a des reprises qui déclinent des *trames*, des modèles. La copie nourrit la culture et c'est le mécanisme premier du vivant…

– Je vous écoute.

– Vous vous souvenez de « *Tu quoque mi fili !* toi aussi mon fils ! ». Après l'avoir rappelé, l'écrivain argentin et aveugle ajoute que « Shakespeare et Quevedo recueillent le cri pathétique », remarque élégante mais trop gentille pour dire que ces deux auteurs plagient à leur tour bien des collègues précédents, notamment Suétone, et autant de doubles à venir. Alors, on saute dix-neuf siècles plus tard dans le sud de la province de

Buenos Aires. Un bonhomme est blessé à mort dans une bataille au couteau et, tombant, reconnaît un de ses jeunes filleuls. Il lui dit avec un doux reproche et une lente surprise « Ça, alors ! ».

– Je ne sais pas ce qu'il faut en penser.

– Réfléchissez ! Borges vous le souffle : « *Il ne sait pas qu'il meurt pour qu'une scène se répète.* » Magnifique, n'est-ce pas ?

– Revenons à Chesterton ?

– J'avais César et Brutus, Bouvard et Pécuchet, mais je rêvais de faire mieux en élargissant à Dieu leur dispute… Et j'ai vu le coquin de Keith, à distance, qui commençait l'histoire en ricanant. Il avait déjà écrit son propre nom sur la couverture du manuscrit. C'était très pénible.

– Je voudrais vous éviter cette douleur désormais.

Un autre jour, dans la chambre de l'écrivain pensionnaire. Plusieurs livres sont ouverts sur la table, dont le médecin évite d'apercevoir les en-tête. Il ne veut pas hériter des rêves ou des cauchemars de son patient.

– Vous ne m'avez pas dit qui étaient les autres malades dans la clinique où atterrissent vos deux duellistes ?

– Dans le livre de Chesterton ou dans le mien ?

– Choisissez.

– J'ai d'abord pensé à des scientifiques qui se seraient laissé volontairement cloîtrer en simulant la folie pour ne pas risquer de faire des découvertes monstrueuses. Et puis j'ai découvert qu'un Suisse m'avait déjà plagié, j'ai abandonné cette idée.

– Quel nom, quel titre ?

– *Les Physiciens* de Friedrich Dürrenmatt. Une pièce de théâtre.

– Ça vous aurait ressemblé. Parlons d'autre chose. Pourquoi écrivez-vous le plus souvent vos histoires sous forme de dialogues ?

– À la fois pour les vivre au présent et pour laisser leur liberté à mes personnages. Si je prétendais rester impersonnel – *« la terre était informe et vide »*, *« il n'est pas bon que l'homme soit seul »* – j'aurais à la vérité du mal à rester transparent, je serais au minimum l'observateur, on pourrait me reprocher une forme de duplicité : de *faire semblant* de m'abstraire. Mes héros se débrouillent. Qu'ils se contentent de leur existence. Moi, je fais la sieste, le *tsimsoum*, vous connaissez ?

– Une autre fois !

– Le seul cas où je ne puis user du dialogue, c'est quand je veux noter mes propres pensées sans recourir à la complaisance d'un dédoublement. Même à la troisième personne – *« Gabriel se disait que... »* – le style indirect se fait alors particulièrement direct, presque performatif, puisque celui qui l'écrit est aussi celui qui le pense... *C'est*, sans intermédiaire.

– J'ai du mal à suivre. Qui est ce Gabriel ?

– Je vous en parlerai tout à l'heure, ou demain.

– En attendant ce nouveau départ, vous m'avez dit qu'aucun de vos deux héros ne l'emportait. Comment se termine leur querelle métaphysique ?

– Ils décident par gentillesse de renoncer à leur combat.

– Ah, c'est important ! la question de Dieu s'évapore devant la merveille de leur amitié ! C'est une fin qui convient au mécréant philanthrope que je suis.

– Ou bien chacun campe sur sa position, je ne sais pas encore, je vous laisse volontiers votre part. Vous croyez au *Grand Architecte*, je continue de m'en moquer. Vous êtes peut-être membre de *La Grande Loge* ?

– Je parlais en lecteur plus qu'en acteur. Mais, à vous entendre, c'est bien maintenant de nous deux qu'il s'agit dans cette fable ?

– Dans cette anecdote. C'est précisément là où j'écrase Chesterton. Il est resté pitoyablement dans la prison de sa fiction, tandis que je pose superbement l'existence du réel. À quoi serviraient les livres s'ils oubliaient le monde ?

– Oublions donc le livre plutôt ! Si vous laissez filer Dürrenmatt, qu'est-ce que vous pensez écrire la prochaine fois ?

– Un autre roman, bien sûr, qui prend forme comme s'il existait déjà : l'histoire d'un type de quatre-vingts ans, quatre-vingt-trois exactement, qui a des cheveux blancs.

– Normal à son âge ?

– Il vient de perdre sa femme. Il s'appelle Gabriel…

– Le voici !

– … comme l'ange que vous savez. Je ne sais trop si on va me reprocher le pastiche ou la contrefaçon. Mon bonhomme ne s'imagine plus d'avenir.

– Je suppose qu'il est retraité. Il avait un métier ? Il a des enfants ?

– Pas vraiment. L'histoire en question ne s'en soucie pas, elle se raconte au présent. Le type part seul à pied dans la nuit sur le bord d'une route sans se fixer de but. Il interpelle le hasard. En vous en parlant je me dis maintenant que dans chacune des voitures qui le dépassent ou le croisent il y a des récits. Des gens qui partent travailler ou qui en reviennent. Un couple qui se dispute, un autre qui vient de faire l'amour après s'être garé dans un petit chemin. Un assassin et une petite fille. Des insectes, des extraterrestres. Un agriculteur qui perd ses artichauts. Mon marcheur ne veut connaître que le vide qui l'habite, qui l'appelle.

– On voit ses cheveux dans la lumière des phares.

– Voilà. Un gros camion s'arrête. La conductrice est une jeune fille en short qui conduit pieds nus. Elle a un petit tatouage coloré sur la cuisse, mais je ne sais pas encore si ce détail aura une explication ou une suite. Elle est avec son frère copropriétaire de l'entreprise de transports que leur a léguée leur père. Mais elle ne veut que rouler, seule dans la cabine de son monstre. Traverser la France, l'Europe, le monde.

– Elle n'est plus seule. Elle prend un passager.

– En fait, avant cet héritage, elle était étudiante en lettres. Mais elle dépérissait d'ennui sur les bancs de la

Faculté. Il y a une forme de vengeance dans son choix de l'aventure…

– Comme vous y allez !

– Or, Gabriel, lui, entretient de son côté un rapport difficile avec la gent littéraire. Il ne parvient pas à finir les livres qu'il entreprend parce que ses récits divergent, s'écartèlent entre plusieurs fins possibles. Ou parce qu'il tombe systématiquement sur une histoire semblable, sur la même, déjà écrite sous une autre signature…

– Est-ce que je peux sourire ou bien est-ce que c'est tragique ?

– Du coup, il raconte à Julie, c'est le nom de la fille, quelques-unes de ses plus belles œuvres : *Le Pendule de Foucault, L'Odyssée de l'Espace, Dans une coquille de noix…*

– Je ne connais que les deux premières.

– L'autre, c'est l'histoire d'un bébé mélancolique dont l'oncle et la mère copulent en préparant l'assassinat du père…

– *Hamlet !* Ne me dites pas que vous remontez jusqu'à Shakespeare ?

– Un autre l'a bien fait pour écrire cette nouvelle version ! Ça vient de paraître sous une pluie d'éloges. Le problème est là justement. Pourquoi félicite-t-on certains plagiaires et traîne-t-on d'autres en justice ?

– Suggérez à votre Gabriel de lire *La Sphère et la Croix* ! et de venir se reposer dans ma clinique. Comment se poursuit sa chevauchée motorisée avec Julie ? J'espère qu'ils ne vont pas eux aussi faire l'amour ? Ce serait d'un vulgaire !

– Non, l'actualité va les rattraper. Les phares du camion découpent une nouvelle silhouette dans la nuit, mais on la voit mal car le client est de peau noire.

– Un migrant ?

– Sans doute, mais ce n'est pas clairement dit. Ils s'arrêtent et font monter un tout jeune homme qui ne connaît aucune langue européenne ou qui, peut-être, *paraît* n'en connaître aucune. Il est toujours difficile de deviner ce qui se cache dans le silence d'un personnage ou dans un blanc du récit. Les kabbalistes juifs vont jusqu'à voir la place de Dieu dans les vides entre les lettres…

– Les psychanalystes préfèrent ne pas parler dans leur quête de l'essentiel.

– Ils installent le gamin au centre de la cabine et déduisent de son baragouin qu'il doit s'appeler *Dibi* ou *Diby*, c'est le nom d'un plat sénégalais, mais il est plutôt malien ou kéralais… Puis, ils reprennent leur dialogue littéraire par-dessus ce témoin muet qui creuse entre eux une sorte de gouffre. Il y a désormais une forme de mystère dans la cabine, un *trou noir* qui ramène du lointain, de l'étrange, avec une odeur de savane. Julie décide qu'il serait bon qu'ils se reposent un peu et annonce qu'elle va prendre du gasoil dans une station service qui fait également motel. Elle dispose d'une couchette dans le camion, ses deux passagers auront droit à une chambre.

– Une *twin* bien sûr ?

– Mais les deux lits ne suffisent pas à dissiper le malaise du jeune Diby qui peine à franchir le seuil. En cherchant à le rassurer par des gestes sans équivoque, Gabriel se sent soudain lui-même inondé par une curiosité et une gêne brûlantes…

– Dites-moi.

– Vous le sentez, n'est-ce pas, qu'un événement capital menace notre quiétude de lecteur ?…

– D'auditeur.

– Du nouveau va surgir ?

– Que je n'aperçois pas encore.

– Vous êtes donc en bonne voie ! Il faut savoir se perdre, a dit un rabbin ukrainien. C'est toujours d'un point aveugle que jaillit la lumière. Demandez aux mathématiciens ! Ils ressassent leur problème pendant des nuits sans sommeil, ils l'ont mal posé, ils sont nuls, leurs collègues vont se moquer d'eux, et puis paf ! cette brume grisâtre se résout soudain en une claire évidence qu'ils se reprochent de ne pas avoir entrevue plus tôt. Vous savez comment s'appelle le physicien français qui a mis en évidence cette *non-localité* dont nous parlions tout à l'heure ?

– J'ai oublié.

– Alain Aspect. *L'autre aspect*. Il y a aussi cette histoire dans laquelle le capitaine d'un navire en feu au milieu de l'océan déplie devant ses passagers une carte crasseuse…

– Est-ce bien nécessaire ?

– Il pose le doigt au milieu d'une grande surface bleue, et il dit : « Nous sommes là, près de la petite tache noire. Si c'est une île, nous sommes sauvés. Si c'est une merde de mouche, faites vos prières. »

– Vous me faites languir ! Nous étions dans la chambre du motel, et Gabriel pressentait une révélation…

– Son regard a glissé du visage de Diby à ses épaules, sa poitrine, ses hanches… Et voici qu'il s'aperçoit que les formes du jeune homme sont plutôt celles d'une fille !

– Ah ! belle histoire !

– N'est-ce pas ? Mais je ne sais pas comment la poursuivre, il y a nombre de solutions.

– Et personne d'autre ne l'a encore écrite ! Les paresseux ! Vous me raconterez ça un autre jour ? C'est l'heure pour aujourd'hui. Oui, entrez ! Mme Violette, vous avez un souci ?

– Je voulais prévenir M. Lavis que la femme de chambre ne parvient pas à enlever les traces de sang sur ses vêtements.

FIN

Du même auteur

En librairie

Quand ces choses commenceront...   (essai) *Arléa*
La nuit celtique   (essai) *Terre de Brume/PUR*
Aborigène occidental   (récit) *Mille et une nuits*
Espèce d'homme !   (essai) *Éditions du Temps*
Gwir   (essai) *Yoran Embanner*
le-septième-jour.net   (nouvelles) *Dialogues*

Sur internet,
en format numérique ou en livre imprimé

Préavis   (comédie)
Rature   (roman)
Cohensidansepochtli   (roman)
Sexuelles   (roman)
Tolente   (roman)
Aveuglément   (nouvelles)
Quoi d'Autre ?   (essai)
Qu'est-ce que tu racontes ?   (roman)
Alentours   (roman)
Mes rêves sont comme votre veille   (roman)

Biographie et filmographie (télévision) sur Wikipedia